覚えておきたい虚子の名句200

高浜虚子
角川書店＝編

角川文庫
21980

はじめに

高浜虚子は正岡子規の弟子として司馬遼太郎の『坂の上の雲』に登場します。夏目漱石に『吾輩は猫である』を連載させたのは、当時「ホトトギス」の編集発行人であった虚子です。明治文壇のキーパーソンでもあった虚子は、多様な作品を残した近代の大俳人です。

客観写生という方法を提唱した虚子には「遠山《とほやま》に日の当りたる枯野かな」「桐《きり》一葉《ひとは》日当りながら落ちにけり」などの叙景句があります。そもそも、わずか十七音の最短詩形で何が描けるのでしょうか。その答は虚子の句の中にあります。

虚子はまた、花鳥諷詠《ふうえい》という俳句観を提唱しました。「金亀子《こがねむし》擲《なげう》つ闇の深さかな」の金亀子の確固たる存在感。「白牡丹《はくぼたん》といふといへども紅《こう》ほのか」の牡丹の艶麗さ。季語（虚子は季題という）を一句の中心に据えた安定感抜群の句作りは、虚子の本質的な一面です。

虚子の句は多様です。歳月の流れを超然と見据えた「去年今年《こぞことし》貫く棒の如きもの」。妖しく謎めいた「爛々《らんらん》と昼の星見え菌《きのこ》生え」。「天地《あめつち》の間にほろと時雨《しぐれ》かな」

は愛弟子鈴木花蓑《はなみの》の死を悼んだ達意の挨拶句です。

本書は虚子俳句の間口の広さを反映すべく、その様々な作品を、人口に膾炙《かいしゃ》した句とそうでない句を取り合わせて収録しました。

昭和二十一年、フランス文学者の桑原武夫が「第二芸術論」を発表しました。短歌・俳句は、作者の名を消しても成り立つ作品の絶対的価値を持たないこと、前近代的な師弟関係を残していること等を指摘し、日本の伝統的短詩形は「近代芸術」に値しない「第二芸術」だと論じたのです。これを聞いた虚子は、「ほう、俳句が芸術に引き上げられましたか」と言ったと伝えられています（稲畑汀子編著『よみものホトトギス百年史』）。虚子はまた、新聞記者から戦争が俳句に及ぼした影響を問われ「何の影響も受けなかった」と答えました（『虚子俳話』）。

八十五年の人生を悠然と生きた虚子は、超然たる俳句至上主義者でした。巻末の名言抄には、その俳句観や人生観を垣間見せる虚子の言葉を拾いました。本書を通じ、どこまでも広々と続く虚子の懐中に遊んでみてはいかがでしょうか。

目次

凡例

＊虚子の代表句二〇〇句を作句年代順に配列し、口語訳と簡単な解説を付した。俳句にはすべて振り仮名をつけた。
＊底本には、岩波文庫『虚子五句集』（上・下）を用いた。ただし、同書に収録されていない句については岩波文庫『虚子句集』に拠った。
＊本書の編集・執筆に、岩田由美・岸本尚毅両氏の協力を得た。

『五百句』時代　明治二十八年―昭和十年

風《かぜ》が吹《ふ》く仏来給《ほとけきたま》ふけはひあり

明治二十八年（二十一歳）

季語：盆（秋）

秋風が吹いてくる。ふと物音、あるいは気配が動いた。あれは亡くなった人が帰ってきた気配にちがいない。

この年の四月、子規《しき》の従弟《いとこ》の藤野古白《ふじのこはく》が自殺。この句は古白の旧居での句会で詠まれた。その事実は措《お》いても、盆の風に亡き人の気配を生々しく感じるということは誰にでもあるのではなかろうか。

松《まつ》虫《むし》に恋《こひ》しき人《ひと》の書《しょ》斎《さい》かな

明治二十九年（二十二歳）

季語：松虫（秋）

松虫が鳴いている。その声を聞きに出ているようなふりをしているが、そのあたりは実は恋しい人の書斎のある場所。少しでも姿が見えないか、せめて気配が感じられないか、そんな思いはごまかせない。女性に成り代わって詠んだ。若い虚子が芝居の一場面を描くように作っている。松虫という季語がゆかしい。

蛇《へび》穴《あな》を出《で》て見《み》れば周《しゅう》の天《てん》下《か》なり

明治三十一年（二十四歳）

季語：蛇穴を出づ（春）

冬眠から覚めた蛇が穴から出てくると、世の中は周の天下となっていた。周は中国の古代王朝。殷《いん》の紂王《ちゅうおう》を討って建国した。蛇と王朝の交代とは何のかかわりもない。が、ひと冬が過ぎて世の中が変わっているという栄枯盛衰の空しさを表す狂言回しとして、蛇という生きものは生々しく面白い。漢文調の言い回しもどことなくユーモラス。

遠《とほ》山《やま》に日《ひ》の当《あた》りたる枯《かれ》野《の》かな

明治三十三年（二十六歳）

季語：枯野（冬）

遠景は山に日が当っている。近景は枯野だ。遠山と枯野の二物配合だが、構成した感じはない。そのまま一枚の絵におさまる。句の言葉は叙景に終始しているが、充足とも諦観《ていかん》ともつかない静かな感情を湛《たた》える。「かな」は、遠山と枯野を束ねる効果を持つ。遠山の明るさにより枯野の淋《さび》しさが薄らぐ。

子《し》規《き》逝《ゆ》くや十《じふ》七《しち》日《にち》の月《げつ》明《めい》に

明治三十五年（二十八歳）

季語：月明（秋）

子規が亡くなってしまった。十七日の月の明るい夜のことだった。十代の頃から兄のようにも、師のようにも自分を導いてくれた子規。文学研究の継承を頼まれ、断ったこともあった。長い闘病生活を間近で見ながら、共に研鑽《けんさん》してきた。思いはさまざまに湧くはずだが、ついに亡くなった、月が明るかったという事実だけを描く。かえって放心が伝わる。

秋《あき》風《かぜ》や眼《がん》中《ちゅう》のもの皆《みな》俳《はい》句《く》

明治三十六年（二十九歳）

季語：秋風（秋）

秋風が吹いている。眼に映るものはみな俳句になる。和歌の時代から春と秋、ことに秋は詩の生まれる季節ということになっている。秋風が吹くだけですべてのものが趣深く感じられるのは納得できるが、俳句がいくらでもできるとばかり、図太く言い切ってしまうところが虚子らしい。

大《たい》海《かい》のうしほはあれど旱《ひでり》かな

明治三十七年（三十歳）

季語：旱（夏）

溢《あふ》れんばかりに大海は潮を湛《たた》えている。でも陸では日照り続き。人々は水不足に頭を抱えている。

描かれた世界は非情だ。海にいくら水があっても、日照りに苦しむ人の役に立たない。当たり前のことではあるが、豊かな水の姿は恨めしい。そんな心持ちの表現は「あれど」という逆接に留《とど》めた。言葉の響きはおおらかだ。

行水《ぎやうずい》の女《をんな》にほれる烏《からす》かな

明治三十八年（三十一歳）

季語：行水（夏）

行水とは湯や水を張ったたらいに入って、汗を流すこと。庭先などでも行われた。内風呂《うちぶろ》や家庭用給湯器のなかった時代にはこれが入浴。戸外で行水を使っている女性のそばに烏が来ているのだ。その烏がなぜかそこを離れない。女性の行水の気配に好奇心をそそられる心を烏に投影した。「カラスの行水」ということわざも思い出される。とぼけた句。

すたれ行《ゆ》く町《まち》や蝙蝠《かうもり》人《ひと》に飛《と》ぶ

明治三十九年（三十二歳）

季語：蝙蝠（夏）

蝙蝠が人に飛ぶとは恐ろしげだ。掠《かす》めるように飛ぶのだろう。すたれ行く町は、飛ぶ蝙蝠にも荒《すさ》んだ空気が感じられる。

「すたれ行く町」は漠然としている。「蝙蝠人に飛ぶ」も投げやりな言い方だ。言葉遣いが無造作であること自体が、うらぶれた場末風景を演出しているようだ。中七の「や」の切れは弱く、句の情景は一枚の絵におさまる。

送《おくり》火《び》や母《はは》が心《こころ》に幾《いく》仏《ほとけ》

明治三十九年（三十二歳）

季語：送火（秋）

お盆の間、この世に帰ってきていたご先祖様を、送り火を焚《た》いてお見送りする。ご先祖様というと遠い存在のようだが、毎年盆の行事を執り行っている母には、自ら仕えた身近な人の面影が幾人も浮かんでいるはずだ。

自分がほとんど知らない幾人もの死者たち。歳を取るとそれだけ多くの人と別れてきている。送り火を眺めながら、母の心を推し量る。

桐《きり》一《ひと》葉《は》日《ひ》当《あた》りながら落《お》ちにけり

明治三十九年（三十二歳）

季語：桐一葉（秋）

大きな桐の葉が一枚、ゆっくりと落ちて行く。風もなく、裏表を見せながら光を返して、ついに落ちた。

日が当りながら、桐の葉が落ちた、というだけの内容だが、五七五が引き延ばしたかのように長く感じられる。無駄とも思われる言葉によって一句に含まれる時間を長くする技。

駒《こま》の鼻《はな》ふくれて動《うご》く泉《いずみ》かな

明治四十一年（三十四歳）

季語：泉（夏）

馬が泉の水を飲んでいる。駒という用語が古風だ。ふくれて動くという描写が生々しい。折々動かす馬の鼻づらが目に浮かぶ。「駒」という語彙《ごい》の古風さと描写の生々しさとのミスマッチが、句の生気となっている。涼しさを賞玩《しょうがん》して夏の季語とされる泉の例句にふさわしい。虚子の即物的な把握力、描写力を示す一句。

ぢぢと鳴《な》く蟬《せみ》草《くさ》にある夕《ゆ》立《だち》かな

明治四十一年（三十四歳）

季語：蟬・夕立（夏）

蟬がヂヂと鳴いた。意外に低いところだ。それらしい木はない。草にとまっているのだろう。このような認識の流れと言葉の流れとがピッタリと合っている。読者が自然と情景を浮かべられる語順となっているのだ。

蟬と夕立は季が重なる。それを避けるなら「ぢぢと鳴く蟬草にあり雨はげし」とでもするのだろうが、それでは句が弱い。蟬も夕立も必要だ。

金亀子《こがねむし》擲《なげう》つ闇《やみ》の深《ふか》さかな

明治四十一年（三十四歳）

季語：金亀子（夏）

昔の日本家屋には網戸はなく、灯《あかり》を慕ってさまざまな虫が飛び込んできた。黄金虫は手ごろな大きさで、捕まえると投げたくもなる。ふと手に取って戸外に放り投げる。きらっと光って真っ直ぐに飛んでいく虫の姿が闇に呑《の》み込まれた。黄金虫の光から闇の深さへ、転換することによって、闇がいっそう濃くなる。

ワガハイノカイミヨウモナキススキカナ

明治四十一年（三十四歳）

季語：薄《すすき》（秋）

漱石《そうせき》宅の猫が亡くなり、松根東洋城《まつねとうようじよう》から「センセイノネコガシニタルヨサムカナ」と電報が来た。それに対する返電。むろん『吾輩は猫である』のモデルである。ついに名前を付けられることはなく、ましてや戒名もなかった。電報のカタカナのままを残し、事実を打ち返したような即妙の勢いを感じさせる。折から目に入ったであろう薄が、ささやかに悼む気持ちを伝える。

春《はる》風《かぜ》や闘《とう》志《し》いだきて丘《おか》に立《た》つ

大正二年（三十九歳）

季語：春風（春）

丘に立ち、風に吹かれ、坂本龍馬《さかもとりようま》のように遠くを見遣《みや》っている。その姿は私小説的ではない。芝居がかったポーズであり、臆面《おくめん》もないステレオタイプだ。この三文芝居のような場面に春風が生彩を与える。吹きすさぶ春風が、青春、疾風怒濤《どとう》、はじまり、希望などを思わせる。「春風や」という切り口上も含め、通俗的な句だが、その俗っぽさがこの句の強さでもある。

一《ひと》つ根《ね》に離《はな》れ浮《う》く葉《は》や春《はる》の水《みず》

大正二年（三十九歳）

季語：春の水（春）

同じ水草の一つの根から別々に茎が伸びている。別々の茎の先に生じた別々の浮葉がそれぞれ水に浮いている。

「一つ根に離れ浮く」は明らかに水草であるから、春の水の「水」は文字の無駄だ。「一つ根に離れ浮く葉や春の風」とでもしたくなるところ。しかし虚子は最後の一字まで「水」から離れない。春の水という季語に集中する。

此《この》秋《あき》風《かぜ》の持《も》て来《く》る雪《ゆき》を思《おも》ひけり

大正二年（三十九歳）

季語・秋風（秋）

眼前の秋風の景もやがて雪に閉ざされる。秋風がただちに雪をもたらすわけではなく、漠然とそう詠《うた》っただけだ。眼前の景を眺めつつ、先のことを思う。そのとりとめのない感じが句の味だ。上五を「秋風の」とすれば十七音に収まるが、意図的に七音にした「此秋風の」は呟《つぶや》くようでもあり、力強い感じもする。一茶《いっさ》ゆかりの地での作。虚子が思い描いた一茶の肖像か。

鎌《かま》倉《くら》を驚《おど》かしたる余《よ》寒《かん》あり

大正三年（四十歳）

季語：余寒（春）

温暖な鎌倉の思わぬ春の寒さに人々は驚いた。その様子を、発想を転じて詠《うた》った。驚いたのは人々ではなく、鎌倉そのもの。しかも余寒が驚かした。そこには擬人化と無生物主語との二つのひねりがある。

仕上がった句は心の呟きのままであるかの如く無造作に見えるが、よく見れば一語一語、用意周到だ。

これよりは恋《こひ》や事《じ》業《げふ》や水《みづ》温《ぬる》む

大正五年（四十二歳）

季語：水温む（春）

「高商俳句会。高商卒業生諸君を送る。」と詞書《ことばがき》がある。一橋《ひとつばし》大学の前身、東京高等商業学校俳句会の卒業記念句会で出された。勉学を終えて、これからは恋や実業に活躍してほしい、と直球の言葉でことほぐ。厳しい冬が過ぎて、春が訪れる喜びをそのまま卒業の喜びに重ねた。祝意を伴った挨拶《あいさつ》句に「水温む」という季語が相応《ふさわ》しい。

麦《むぎ》笛《ぶえ》や四《し》十《じゅう》の恋《こひ》の合《あひ》図《づ》吹《ふ》く

大正五年（四十二歳）

季語：麦笛（夏）

麦笛を吹く男も相手の女も若くはない。農村の男女のいつもの逢引《あいびき》の合図だろうか。そんな関係ならば、恋という綺麗《きれい》な言葉はむしろ空々しい。四十の恋と詠んだ虚子は、このとき四十二歳。後には「さまぐ〵の情のもつれ暮の春」（昭和十二）と詠んだ。小説家としてのみならず俳人としても、虚子は色恋を含めた情のもつれから目を離すことはなかった。

大空《おほぞら》に又《また》わき出《い》でし小鳥《ことり》かな

大正五年（四十二歳）

季語：小鳥（秋）

秋には次々と日本に小鳥が渡ってくる。あるいは山から里へ小鳥が下りてくる。晴れ渡った秋の大空を眺めていると、湧き立つように小鳥の群れが過ぎて行った。しばらくしてまた次の群れが湧き立つ。

「わき出でし」という言葉で小鳥の群れのさまが想像され、大空が広く感じられる。背景に秋の野山があることも読み取りたい。

人間《にんげん》吏《り》となるも風流《ふうりゅう》胡瓜《きゅうり》の曲《まが》るも亦《また》

嘲吏青嵐

大正六年（四十三歳）

季語：胡瓜（夏）

吏となる人間は曲った胡瓜のような奴だと解せば失礼な句だ。相手が文字通りの吏（官より下級）だったら尚更《なおさら》だろう。しかし高官だった青嵐《せいらん》は風流の二文字を喜んだことだろう。世上の機微を弁《わきま》えた句だ。青嵐は後の東京市長。関東大震災の対応にあたった。「曲るも亦」を素早く読めば五音のように聞こえる。上五中七が字余りでも下五が五音なら俳句らしい調子になる。

野《の》を焼《や》いて帰《かへ》れば燈《とう》下《か》母《はは》やさし

大正七年（四十四歳）

季語：野焼（春）

害虫の卵を焼き、灰を肥料とするために、春先に野の枯草を焼く。時折事故が起こる危険な作業だが、広い場所で火をつかさどり、計画通りに処理を進めて行くのは、なかなか快いことだろう。

心地よい興奮と疲れの残るからだで家に帰れば、燈下に母が待っていてくれる。もちろん夕食も。「やさし」という緩い言葉で読者の想像を誘う。

能《のう》すみし面《めん》の衰《おとろ》へ暮《くれ》の秋《あき》

大正七年（四十四歳）

季語：暮の秋（秋）

能が終わり、面を片付ける。演じていた間は生気を感じさせた面が、衰えて見える。折から晩秋である。かすかな気配として感じた能面の衰えに説得力を与える季語の使い方である。

虚子の兄は能の復興に努めた池内信嘉《いけのうちのぶよし》。虚子自身は謡を趣味とし、新作能も手掛けた。

秋《しゅう》天《てん》の下《もと》に野《の》菊《ぎく》の花《か》弁《べん》欠《か》く

大正七年（四十四歳）

季語：秋天・野菊（秋）

広々とした秋空の下に、小さな野菊。さらにクローズアップされた野菊の花は、花びらがいくらか欠けていた。そのこともまた秋らしい。

野菊も秋の季語だが、まず「秋天」と打ち出して秋の空を読者の脳裏に広げる。そこから小さな花びらに視点を収束させる視野の移動が面白い。

夕《ゆふ》鰺《あぢ》を妻《つま》が値《ね》ぎりて瓜《うり》の花《はな》

大正八年（四十五歳）

季語：夕鰺・瓜の花（夏）

夕河岸で仕入れた鰺を売りに来た。妻が値切って買って晩飯にする。牡丹《ぼたん》や薔薇《ばら》ではなく、市井のつましい暮しを思わせる、勝手先の瓜の花がリアルである。鰺と瓜の花はともに夏季。季節の景物をあるがままに詠んだ結果、季が重なった。この句のように自然体の句作によって季が重なったとしても、虚子は意に介さなかった。

どかと解《と》く夏帯《なつおび》に句《く》を書《か》けとこそ

大正九年（四十六歳）

季語：夏帯（夏）

ずかずかと近づいて「先生、ご染筆お願いします」。こちらの返事も終わらぬうちに、締めていた帯を解き始める。有無を言わせず句を書けと言う人の態度が、「どかと」という形容から窺《うかが》われる。

夏帯なので普通の帯よりは軽やかなはずだが、厚かましさといきなり目の前で帯を解くことへの嫌悪感で、嵩張《かさば》って見えた。

厚《あつ》板《いた》の錦《にしき》の黴《かび》やつまはじき

大正十年（四十七歳）

季語：黴（夏）

厚板は、主に男役が着付けとする小袖《こそで》の能装束のこと。雲や龍《りゅう》など力強さを表す文様が織り出されていることが多い。能に備えて取り出した厚板に黴が浮いていた。とりあえず爪で弾《はじ》いておく。

豪奢《ごうしゃ》な錦の織物を、「黴やつまはじき」という日常の相で捉《とら》えたところが虚子らしい。

天《てん》日《じつ》のうつりて暗《くら》し蝌《くわ》蚪《と》の水《みづ》

大正十三年（五十歳）

季語：蝌蚪（春）

おたまじゃくしの湧いた水。太陽が映って光が反射しているはずなのだが、暗い。真っ黒なおたまじゃくしがびっしりと蠢《うごめ》く水中は確かに暗いのだ。

ここには現実の観察がある。「天日」といういささか固い響きが、眩《まぶ》しい空間の中の不気味な黒さを引き立てる。

行《ゆく》年《とし》やかたみに留《る》守《す》の妻《つま》と我《われ》

大正十三年（五十歳）

季語：行年（冬）

必ずしも虚子夫妻のことでなく、世にある夫婦一般のことと解してよい。夫婦それぞれ出かける用があり、互いに留守がちだ。自分の用事にかまけ、相手のことに無関心な夫婦かもしれない。忙しい年末なら尚更だ。ホームドラマの一場面のような味わい。お互い心の隅では相手を気遣っているつもりだが、面と向かっては素っ気ない、というようなことが想像される。

白《はく》牡《ぼ》丹《たん》といふといへども紅《こう》ほのか

大正十四年（五十一歳）

季語：白牡丹（夏）

真白な牡丹の花。ゆったりと味わうように見つめて楽しむ。花の中心、蕊《しべ》の辺りだろうか、うっすらと紅色が差していることに気付いた。

白い牡丹にかすかに紅《あか》いところがある、というだけの内容だが、上五の字余りと一見無意味な中七によって、一句を読み下す時間を引き延ばし、花そのものがゆっくりと見えるかのような印象を与えている。

かりに著《き》る女《おんな》の羽《は》織《おり》玉《たま》子《ご》酒《ざけ》

大正十五年（五十二歳）

季語：玉子酒（冬）

主人公は男。玉子酒を飲む。自分で拵《こしら》えるのか。同居の婦人に所望するのか。寒いので間に合わせに女の羽織を着ている。「かりに著る」と「女の羽織」が粋だ。夫婦というより、旦那《だんな》とお妾《めかけ》さん、花魁《おいらん》と若旦那などといったところか。いろいろな想像が楽しめる。お座敷的な味わいの句もまた、虚子のお手のものだった。

鶯《うぐひす》や洞《どう》然《ぜん》として昼《ひる》霞《がすみ》

大正十五年（五十二歳）

季語：鶯・霞（春）

洞然はうつろなさま。虚空に霞がかかっている様子を詠《うた》った。ドウゼンという重い響きが霞のかかった大気を感じさせ、一句の時空に読者を誘い込む。霞の奥から聞こえる鶯の声はくぐもることなく、鮮やかに響くのだろう。音と空間で構築した大柄な句だ。鶯も霞も句に不可欠な要素であり、季重なりは問題にならない。

橋《はし》裏《うら》を皆《みな》打《うち》仰《あふ》ぐ涼《すずみ》舟《ぶね》

大正十五年（五十二歳）

季語：涼舟（夏）

納涼船に乗って川を行く。屋根のない小さな舟だろうか。橋の下を舟が通るとき、乗っているお客は皆、いっせいにのけぞって橋の裏を仰ぐ。船頭さんが屈《かが》まなければならないような低い橋でも、上を自動車が通るような大きな橋でも、つい誰もがやってしまう動作だ。涼舟の雰囲気をリアルに伝える。

やり羽子《はご》や油《あぶら》のやうな京言葉《きやうことば》

昭和二年（五十三歳）

季語：やり羽子（新年）

「やり羽子や」とあるので、羽根突きをする京の婦女子の姿が想像される。油のような京言葉の合間に、コッーンコッーンと羽根を突く音が響く。四国松山《しこくまつやま》出身の虚子には京言葉が油のように滑らかに、あるいは粘っこく感じられたのだろうか。

畑《はた》打《う》つて俳《はい》諧《かい》国《こく》を拓《ひら》くべし

昭和二年（五十三歳）

季語：畑打（春）

「ブラジルに赴く佐藤念腹《ねんぷく》におくる。」と詞書がある。開拓民として異国へ渡る俳句の弟子に祝福を送る。畑をどんどん広げて、自分の国を拓きなさい。それはまた俳諧の国ともなるに違いない。

A音の明るい響きがはなむけにふさわしい。念腹は後に現地の邦字新聞の俳句欄の選者となり、俳誌を主宰した。

ふるさとの月《つき》の港《みなと》をよぎるのみ

昭和三年（五十四歳）

季語：月（秋）

虚子のふるさと松山の沖を通る船の旅。時間があれば立ち寄りたいところだが、今回は寄港せず、夜に通過するだけ。甲板に出てみれば、懐かしい港が月明りに照らされている。手が届きそうで届かないときが、一番思いが深まるのかもしれない。句の言葉はさりげなく、歌詞の一節のように整っている。

はなやぎて月《つき》の面《おもて》にかかる雲《くも》

昭和三年（五十四歳）

季語：月（秋）

満月の前を薄雲が通り過ぎる。光を遮るというよりも、月の周りがぼうっと輝くような状態になる。雲は月を過ぎるたびに白く光る。その状態を詠んだ。月にかかるときは雲がはなやぐのだ。やさしい言葉で月にかかる雲の様子を的確に描いた。ひらがなの多い表記が優雅さを添える。なお、高野素十《すじゆう》の「翳雲はなやぐ月のあたりかな」は大正十四年作。

枝《えだ》豆《まめ》を喰《く》へば雨《う》月《げつ》の情《なさけ》あり

昭和三年（五十四歳）

季語：枝豆・雨月（秋）

十五夜の雨はあいにくだが、枝豆をつまみながらの雨月も捨てたものではない、という句。「情あり」は「風情あり」の意である。

枝豆は月見豆と称して十五夜に供える。枝豆と雨月の関係は即《つ》きすぎ（近過ぎ）という以上に、同質的だ。しかし、この句のしみじみとした良さは、即きすぎ・季重なりなどという理屈を超えたところにある。

流《なが》れ行《ゆ》く大根《だいこん》の葉《は》の早《はや》さかな

昭和三年（五十四歳）

季語：大根（冬）

川の岸辺に寄ると、大根の葉が思わぬ早さで流れて行った。冬枯れの始まった景色の中で、大根の葉の緑がはっと目を引く。過ぎて行く早さが心に残った。

大根は収穫期には、川辺に集って大勢で泥を落としたという。虚子の見た九品仏《くほんぶつ》川の上流に、大根を賑《にぎ》やかに洗う情景があったと想像しても楽しい。

石《いし》ころも露《つゆ》けきものの一《ひと》つかな

昭和四年（五十五歳）

季語：露けし（秋）

露の下りる頃。何もかも露に濡《ぬ》れてしっとりとしている。見ればそのへんの石ころも、露に湿って風情ありげに見える。

一句に描かれているのは石ころと露のみ。しかし素っ気ない句ではない。石ころもその一つ、ということは、周りに広がる秋の野も露を帯びている。柔らかな言葉の響きも魅力。

栞《しをり》して山《さん》家《か》集《しふ》あり西《さい》行《ぎやう》忌《き》

昭和五年（五十六歳）

季語：西行忌（春）

文机《ふづくえ》に読みかけの『山家集』が載っている、小庵《しようあん》めいた書斎が想像される。そのような情景を詠むことが、虚子にとっての西行忌だった。西行とその歌集である『山家集』との取合せは同質的だ。というより『山家集』は西行そのもの。「栞して」が最小限の写生だ。本に栞というディテールを詠み込むことによって情景の現実感が増す。

春潮《しゅんちょう》といへば必《かなら》ず門司《もじ》を思《おも》ふ

昭和五年（五十六歳）

季語：春潮（春）

潮の速そうな地名であれば「春潮といへば鳴門《なると》を思ひけり」でも「対馬《つしま》を思ひけり」でも一応の句にはなる。しかし「春潮といへば必ず○○を思ふ」という、畳みかけるような句形は、下五の字余りにも心の弾みが感じられ、魅力的だ。そこには二文字の地名が必要である。そこで門司という地名を見てしまうと、もはやそれ以外は考えられなくなる。

昭和五年三月二日　富士見に在る佐久間法師、急性肺炎にて逝く

愚《ぐ》鈍《どん》なる炭《た》団《どん》法《ほふ》師《し》で終られし

昭和五年（五十六歳）

季語：炭団（冬）

法師《ほうし》は虚子門の俳人。享年五十一歳。その人について虚子は、短身丸顔、にこにこしながら諄々《じゅんじゅん》と東北弁で語り続ける、気が弱く、人が背き去るとその後ろ影を淋しく見送るような人、最期は天も人も恨まず、ある滑稽《こっけい》な構図を描いて微笑して逝ったのだろうと、『法師句集』の序に書いている。「愚鈍なる炭団法師」は一種の愛情表現である。逝去は三月だが、季語は冬。

大《だい》試《し》験《けん》山《やま》の如《ごと》くに控《ひか》へたり

昭和六年（五十七歳）

季語：大試験（春）

大試験とは、進級試験、卒業試験のこと。普段から勉学に励み、万全の態勢で試験に臨む学生は少数派だろう。越えがたい山のように大試験が控えている。京都第三高等学校退学、復学、仙台第二高等学校退学の虚子にはこんな春が何度かあったのだろう。

紅《こう》梅《ばい》の紅《こう》の通《かよ》へる幹《みき》ならん

昭和六年（五十七歳）

季語：紅梅（春）

盛んに咲いている紅梅。ごつごつした黒い幹も目立つ。思えばこの幹にも紅色の色素が流れているに違いない。

草木染では、花の咲く前の木では薄紅に染まり、咲いてからは緑がかった茶色に染まるという。科学的なことはともかく、木全体が花を咲かせる態勢にあることを俳人は見抜いた。

土《と》佐《さ》日《にっ》記《き》懐《ふところ》にあり散《ち》る桜《さくら》

昭和六年（五十七歳）

季語：落花（春）

高知での作。ゆかりの『土佐日記』を懐に入れて来た。「土佐日記懐にあり」とは、少し気取った口ぶり。はるばる南国土佐にやって来たことが嬉《うれ》しい。昔日の紀貫之《きのつらゆき》の跡を偲《しの》ぶ心持ちもある。貫之の桜の歌を追憶する如く「土佐日記懐にあり」から「散る桜」への言葉の運びは、なめらかで和歌的だ。

「さくら花ちりぬる風のなごりには水なき空に波ぞたちける　貫之」

飛騨《ひだ》の生《うま》れ名《な》はとうといふほとゝぎす

昭和六年（五十七歳）

季語：ほととぎす（夏）

聞きとめたままを五七五にした。句の仕上がりはさり気なく、「飛騨の生れ」から「とう」「ほととぎす」に至る言葉の運びは至ってスムーズ。即事が句として成就することの妙味を感じる。

ホトトギスは別名、杜宇《とう》という。虚子は、きびきびと立ち働く少女の名が「わがホトトギス」に通じることに、旅の感興を見出《みいだ》したのだ。

火《ひ》の山《やま》の裾《すそ》に夏《なつ》帽《ぼう》振《ふ》る別《わか》れ

昭和六年（五十七歳）

季語：夏帽（夏）

「とう等焼岳《やけだけ》の麓《ふもと》まで送り来る」と詞書がある。宿の人たちが見送りに出てくれた。別れを惜しむように、振り向いて夏帽子を振ってみせる。広々とした山裾で、手を振ってくれる人の姿がいつまでも見える。ゆったりとした別れの背景は、ごつごつした火の山とその麓。

われの星《ほし》燃《も》えてをるなり星《ほし》月夜《づきよ》

昭和六年（五十七歳）

季語：星月夜（秋）

月のない秋の夜に、満天の星が地上を照らすほどに明るい。この限りない星の中には私の星も燃えているに違いない、という句意。「われの星」という発想が大胆。四Sを始めとして、多くの花形作家を輩出して「ホトトギス」は順風満帆。大家として揺るぎない地位を占めた自信のゆえだろうか。

浦《うら》安《やす》の子《こ》は裸《はだか》なり蘆《あし》の花《はな》

昭和六年（五十七歳）

季語：蘆の花（秋）

浦安は東京湾に面した漁師町だった。暖かい秋の日、裸の子が遊んでいる。海辺の蘆原には花が咲いている。野趣のある景だ。同行した俳人の池内《いけのうち》たけしは「祭でもあると見えて橋袂《はしたもと》に葭簀《よしず》張《ばり》の小屋が建てられて獅子《し》頭《しがしら》が飾って供物などしてある。廻《まわ》りには洟《はな》垂らし子が大勢集つてゐる。」（『武蔵野探勝』と記す。掲句はこのようなディテールを捨象した。

初《はつ》鶏《とり》や動《うご》きそめたる山《やま》かづら

昭和六年（五十七歳）

季語：初鶏（新年）

山かずらは「山の端にかかる暁の雲」（『広辞苑』）。元旦の夜明けに初鶏が鳴き、その声に促されるかの如く、暁の雲が動き始めた。実際にその時に動き始めたとは限らない。夜明けに見えて来るさまざまなものの中に、雲の動く様子も見出されたのだろう。淑気《しゅくき》が感じられる。

マスコミから新年の句を求められて詠んだ、いかにも新年らしい句。

学《がく》僧《そう》に梅《うめ》の月《つき》あり猫《ねこ》の恋《こひ》

昭和七年（五十八歳）

季語：梅・猫の恋（春）

学僧のいる大きな寺だ。梅に月がさす清雅な空間がある。一歩外へ出ると発情した猫が浮かれ騒ぐ。恋猫の悩ましい声が学僧の心をかき乱す。学僧とて遊びたい年頃だ。春の夜ならば尚更だろう。

梅と猫の恋は季が重なる。梅と猫の恋との雅俗の対照が句の眼目。同じ季節の季語同士をぶつけたアクロバティックな作。

ぱつと火《ひ》になりたる蜘《く》蛛《も》や草《くさ》を焼《や》く

昭和七年（五十八歳）

季語：草焼く（春）

草を焼くといっても大がかりなものでなく、そばで見ていられるほどの火だ。炎が草を伝わる。その先に蜘蛛がいる。蜘蛛は小さな火玉となって消えた。その様子を見たときの子供のような心の昂《たか》ぶりが、「ぱつと」という素朴な擬態語に反映している。句の季語は「草焼く」（春）。蜘蛛は季語ではない。

夏《なつ》草《くさ》に黄《き》色《いろ》き魚《うを》を釣《つ》り上《あ》げし

昭和七年（五十八歳）

季語：夏草（夏）

武蔵野《むさしの》探勝会、石神井《しゃくじい》、三宝寺《さんぽうじ》池での作。本田《ほんだ》あふひによる吟行記には「えごの木の上に登つて釣している人もある」とある。虚子の同時作には「河骨に泛子《うき》も静まりかへるかな」がある。鮒《ふな》か鯰《なまず》か、釣り上げた魚がパッと見に黄色く見えたのであろう。大きな魚が、水辺に茂った夏草の中へドサッと落ちたのである。

落《らく》花《くわ》のむ鯉《こひ》はしやれもの髭《ひげ》長《なが》し

昭和七年（五十八歳）

季語：落花（春）

口を開けて水面すれすれを泳ぐ鯉。水に浮かぶ落花が鯉の口に吸い込まれる。鯉の中でも比較的髭が長いのがいて、それを「しゃれもの」と洒落《しゃれ》て言った。遊び心の句ではあるが、「落花のむ」は観察にもとづく描写。「鯉はしやれもの」と遊んだ後の下五が句作上の難所だが、「髭長し」は写実的でありながらユーモアを湛えて見事である。九月四日、武蔵野探勝会での作。

襟《えり》巻《まき》の狐《きつね》の顔《かほ》は別《べつ》に在《あ》り

昭和八年（五十九歳）

季語：襟巻（冬）

毛皮の襟巻をしたご婦人。本人のお顔とは別に、狐の顔が付いている。これは客観描写といえるのだろうか。事実は事実として、あえてそこを描写するところに、作者の違和感なり、嘲笑《ちょうしょう》なりを、読者は読み取ってしまう。しかし当のご婦人に「嫌ね」と言われたならば、虚子はきっと「見た通りです」と言うのだ。

鴨《かも》の嘴《はし》よりたらたらと春《はる》の泥《どろ》

昭和八年（五十九歳）

季語：春泥（春）

春先の水に鴨がいる。水底を漁《あさ》っては頭をもたげ、熱心に食事中だ。空へとさし伸べた嘴《くちばし》から、たらたらと泥がこぼれた。

鴨の嘴をあふれて首を伝わる泥が見えるようだ。なめらかな表現が流れ落ちる泥の様子にふさわしい。ささやかな景色だが完璧《かんぺき》に世界を捉えている。

神《かみ》にませばまこと美《うる》はし那智《なち》の滝《たき》

昭和八年（五十九歳）

季語：滝（夏）

ほとんど無内容の一句。那智の滝は美しい。滝そのものが神様なのだから。水原秋櫻子《みずはらしゅうおうし》の「滝落ちて群青世界とどろけり」、佐藤佐太郎《さとうさたろう》の「冬山の青岸渡寺《せいがんとじ》の庭にいでて風にかたむく那智の滝みゆ」も那智の滝を詠む。色と音を造語で力強く表現しようとする秋櫻子。滝の姿の一点の描写に賭《か》ける佐太郎。そして虚子は読者の知識に訴える。四月十日に南紀に遊んだ際の作。

囀《さへづり》や絶《た》えず二《に》三《さん》羽《ば》こぼれ飛《と》び

昭和八年（五十九歳）

季語：囀（春）

木立の全体から、小鳥の囀りが聞こえてくる。恋の季節なのだ。その声を楽しみながら目を凝らせば、小鳥の姿も見えてくる。その多くは梢《こずえ》から梢へと移っているが、梢を離れるものも二三羽。入れ替わりながら常に二三羽は梢を離れている。正確な観察の結果を適切な言葉で描く。「こぼれ」によって、枝を離れた小鳥の飛跡がリアルに想像される。

顔《かほ》抱《だ》いて犬《いぬ》が寝《ね》てをり菊《きく》の宿《やど》

昭和八年（五十九歳）

季語：菊の宿（秋）

気持ちよさそうに犬が寝ている。前肢に頭を載せて寝ている姿を巧《うま》く言いとめた。菊日和の好天を想像する（雨の軒下でないという保証はないが……）。犬や猫を詠《うた》うと句が俗っぽくなりやすい。可愛いと思う通念がそうさせるのだろう。この句は愛嬌《あいきょう》のある犬の姿を詠いながら、菊の宿という古風な季語によって句が俗に流れるのを防いだ。目立たないが虚子の巧さである。

物《もの》指《さし》で脊《せな》かくことも日《ひ》短《みじか》

昭和八年(五十九歳)

季語：日短(冬)

物指で背を掻《か》くことと短日の間には意味のある関係はない。物指で背中を掻いたというだけ。「ひ・みじか」と呟きながら、句は無意味なまま終る。淋しい、虚《むな》しいなどといった思いは感じられない。思いがないこと自体が句の本質である。しいていえば、句の気分はただ無気力なだけ。日常身辺に潜む無意味さを垣間《かいま》見るような句だ。

来《く》るとはや帰《かへ》り支《じ》度《たく》や日《ひ》短《みじか》

昭和八年（五十九歳）

季語：日短（冬）

来たと思ったら、もう帰り支度を始める。日が短くて忙《せわ》しないことだ。前の句と違い、この句の行動は理屈が通り、短日が種明かしのようにも思われる。おそらく虚子は短日の人の行動をいろいろと想像し、季語との距離を計りながら句を作ったのだろう。

来《く》る人《ひと》に我《われ》は行《ゆ》く人《ひと》慈《じ》善《ぜん》鍋《なべ》

昭和八年（五十九歳）

季語：慈善鍋（冬）

慈善鍋は年末に救世軍が街頭で寄付を募るもの。その前を人々が行き交う。向こうから来る人々の目に、こちらから行く人々が映っている。その中に「我」もいる。都会の雑踏風景だ。

互いに無関心な都会の群集を描いたとも取れる。目にありありと見えているのに意味のない風景とも取れる。

焼《やき》芋《いも》がこぼれて田舎《いなか》源氏《げんじ》かな

昭和八年（五十九歳）

季語：焼芋（冬）

『修紫田舎源氏《にせむらさきいなかげんじ》』は江戸時代の長編娯楽小説。焼芋を食べながら読んでいるのだろうか。芋といい源氏といい、いわば婦女子のお慰みだ。修紫の田舎源氏だから、それを読むのは芋姉ちゃんと洒落たいところだが、主たる読者は江戸の町娘だったらしい。食べながら本を読む句には「落花生喰ひつゝ読むや罪と罰」（昭和十二）もある。

大《おほ》いなるものが過《す》ぎ行《ゆ》く野《の》分《わき》かな

昭和九年（六十歳）

季語：野分（秋）

野分の風が吹きすさぶ。外のものを片付け、雨戸を閉めるくらいしか人にできることはない。建物の中にこもって、ただ野分の過ぎるのを待つ。雨戸ばかりか家までも揺れるような風は、人知を超えた大いなる何かが過ぎていく音のように思われた。台風そのものを詠もうとするとこうなる。人の感覚では「大いなるもの」以上の描写はできないことを虚子はわかっていた。

奈《な》良《ら》茶《ちゃ》飯《めし》出《で》来《き》るに間《ま》あり藤《ふぢ》の花《はな》

昭和十年（六十一歳）

季語：藤の花（春）

名物の奈良茶飯が炊けるのに少々時間がかかるというので、庭の藤を眺めながらのんびりしている。

奈良茶飯と藤の花の二物配合。下五はどんな季語でも一応の俳句にはなる。しかし、一度この句を読むと、奈良茶飯には藤の花だと思えて来る。虚子は目に映った藤の花を迷わず詠み込んだ。偶然を味方につけたのだ。

吹《ふ》きつけて痩《や》せたる人《ひと》や夏《なつ》羽《ば》織《おり》

昭和十年（六十一歳）

季語：夏羽織（夏）

羽裏の無い単衣《ひとえ》の羽織が強い風を受けて身に沿い、痩せぎすの体つきがはっきりと目に見えた。

着物を着て体の線が分かるとは、よほど痩せた人だったのか。もちろん羽織から見えている腕や首回りも骨ばっていたのだろう。ふと見た人の姿を無慈悲なほど的確に描写した句である。

かわくくと大《おほ》きくゆるく寒鴉《かんがらす》

昭和十年（六十一歳）

季語：寒鴉（冬）

鴉は年中いるが、寒の鴉となると殺風景な中で懸命に生きていることを感じさせる。時には滑稽な仕草も見せてくれる。この句はその声を描いた。「かわくく」と大きな声で、ゆっくりと鳴く。子育てに忙しい春夏の鴉でも、文芸の伝統に沿った情緒のある秋の鴉でもない。寒に耐える生きものとしての鴉である。

『五百五十句』時代　昭和十一年―昭和十五年

籐《とう》椅《い》子《す》にあれば草《さう》木《もく》花《か》鳥《てう》来《らい》

昭和十一年（六十二歳）

季語：籐椅子（夏）

籐椅子に座ってくつろいで外を見ている。草木や花鳥、すなわち自然のさまざまが、向うから自分の心に飛び込んでくる。自然は驚きに満ち、俳句の種は尽きない。

虚子の唱えた客観写生は、推し進めると客観主観が合致する境地に達するという。自足した心と自然とが溶け合うような心地か。

芭《ば》蕉《せう》忌《き》や遠《とほ》く宗《そう》祇《ぎ》に遡《さかのぼ》る

昭和十一年（六十二歳）

季語：芭蕉忌（冬）

虚子には「山邊《やまのべ》の赤人《あかひと》が好き人丸《ひとまる》忌」もある。芭蕉忌と宗祇、人丸忌と赤人。この人を食ったような取合せは一体何だろうか。心に浮かぶことをそのまま句にしただけ、と言うのだろうか。それとも心に浮かんだままだと読者に思い込ませる技量が凄《すご》いのだろうか。芭蕉忌に関しては、この句以上に「本質的」な句はあり得ない。

鳴《な》くたびに枝踏《えだふ》みゆるゝ寒鴉《かんがらす》

昭和十二年（六十三歳）

季語：寒鴉（冬）

寒中の鴉のスケッチ。鳴く声に合わせて枝を踏みかえ、からだが枝ごと揺れている。観察も描写も行き届いている。鳴くたびに身を反らすこともあるし、この句のように足踏みのように枝を踏むこともある。「ゆるゝ」とまで詠み込んだところが技。自ら揺れている寒鴉がリアルだ。

鯖《さば》の旬《しゅん》即《すなは》ちこれを食《く》ひにけり

昭和十二年（六十三歳）

季語：鯖（夏）

鯖の旬である。よってこれを食べた。散文にすると身も蓋《ふた》もない。響きと勢いで出来上がった句。旬のものを即食べる喜びがある。「鯖の旬」と打ち出すことで、脂の乗った鯖、その頃の空気など、読者それぞれの旬の鯖の思い出を引き出す。後は「食う」を引き延ばしただけであり、ほとんど無意味である。

泳《およ》ぎ子《こ》の潮《しほ》たれながら物《もの》捜《さが》す

昭和十二年（六十三歳）

季語：泳ぎ（夏）

相模湾《さがみ》に面した真鶴《まなづる》での作。「ホトトギス」昭和十二年十月号の「武蔵野探勝會」には「泳ぎ子の濡《ぬ》れて戻りて物探す」の形で掲載したが、「ホトトギス」昭和十三年八月号の「句日記」では掲出の形となっている。「濡れて戻りて」という事柄の経緯の説明を、「潮たれながら」という眼前の描写に改めた。客観描写を重視した虚子の見事な推敲《すいこう》。

焚火《たきび》かなし消《き》えんとすれば育《そだ》てられ

昭和十三年（六十四歳）

季語：焚火（冬）

仕事というより遊びで焚火をしているのか。落葉がなくなったり、枝がくすぶったりして火が消えそうになる。すると焚火を守っている人が落葉を足したり、つついたりして火を熾《おこ》す。静かに燃え尽きさせてもらえない焚火を「かなし」と捉《とら》えた。「かなし」にさほど重い意味はないが、思い通りにはいかない何かを虚子も抱えていたのか。

旗《はた》のごとなびく冬日《ふゆひ》をふと見《み》たり

昭和十三年（六十四歳）

季語：冬日（冬）

冬の太陽。ふとした拍子に、旗のように光をなびかせた。光のいたずらか、疲れた目の迷いか。老眼の可能性もある。しかしこのイメージは独特だ。揺るがないと信じていたものが揺らぐ。しかも具体的に旗のように。どこか荒涼とした心象が感じられる。

休《やす》んだり休《やす》まなんだり梅雨《つゆ》工事《こうじ》

昭和十三年（六十四歳）

季語：梅雨（夏）

六月二十日、田中屋なる料亭に招かれての作。何気ない嘱目《しょくもく》と思われる。梅雨どきの工事現場は凡《およ》そこんなものであろうという、ありきたりの事柄を詠んだ。「休んだり休まなんだり」は休むのが当たり前であるかのような口ぶり。「休まなんだり」という関西方言の口調もあいまって、力の抜けた、一種緩慢なユーモアが一句全体に漂っている。

もの置《お》けばそこに生《うま》れぬ秋《あき》の陰《かげ》

昭和十三年（六十四歳）

季語：秋（秋）

手に持っていたものをふと床、あるいは畳、土に置く。たちまち生ずるのは、濃い秋の影である。

舞台設定は読者に任せられている。たとえば畳に置く茶碗《ちゃわん》の影でもよい。畑の土に置く鍬《くわ》でもよい。秋の澄んだ空気の中で、瞬時に暗い影ができることに、作者の心は動いた。

手《て》拭《ぬぐひ》にうち払《はら》ひつつ夕《ゆふ》時雨《しぐれ》

昭和十三年（六十四歳）

季語：時雨（冬）

夕方になってしぐれてきたが大したことはない。手にした手拭で雨粒を払いながら、そのまま歩を進める。

軽やかな夕時雨と、それをあまり意に介さずに行く人の姿が、さらりと描写されている。男性でも女性でもいい。ちょっと粋な人物かもしれないと思わせる。

龍《りゅう》の玉《たま》深《ふか》く蔵《ざう》すといふことを

昭和十四年（六十五歳）

季語：龍の玉（冬）

龍の髯《ひげ》の葉群の中に、瑠璃《るり》色の実が見える。葉がかぶさり、探さないとなかなか見つからない。大切に匿《かくま》われているような龍の玉。そこから「深く蔵す」という発想が出て来る。句末は「といふことを」と言いさし、それ以降の文脈は読者の思考に委《ゆだ》ねられる。龍の玉について、文芸について、生き方について、読者はそれぞれに思いをめぐらせばよい。

春水《しゅんすい》をたゝけばいたく窪《くぼ》むなり

昭和十四年（六十五歳）

季語：春水（春）

穏やかな春の水。水かさは増しているが、この句の場合激しく流れてはいないようだ。そのへんで拾った枝で水をたたく。ずいぶんと水面が窪んで見える。あるいは窪んで見えるほどにはげしく繰り返してたたいたのだろうか。水があって枝があって、子どものように水面をたたく。何も考えていないような一句。人の行動は意味のあるものばかりではない。

余《よ》花《くわ》に逢《あ》ふ再《ふたた》び逢《あ》ひし人《ひと》のごと

昭和十四年（六十五歳）

季語：余花（夏）

初夏に咲く遅咲きの桜を見かけた。まるで再び会った懐かしい人のようだった。

春にはたっぷりとあちこちの桜を堪能《たんのう》したのだろう。夏を迎えて桜のことは一段落したところで、思わぬ余花を見た。桜の思い出がよみがえる。「人に逢ふ」ことに譬《たと》えるほどに花への思いは深い。

淋《さび》しさの故《ゆゑ》に清水《しみづ》に名《な》をもつけ

昭和十四年(六十五歳)

季語:清水(夏)

「淋しさ」とは自分以外の何かとつながりたいという気持ちだろう。淋しいから、清水に名を付けて、身近な存在にしようとする。名を付ける対象が清水であるところは、むしろ淡白な心持ちである。清冽《せいれつ》な湧き水に名前を付け、心慰む。淋しさに自足しているようでもある。

幻住庵《げんじゅうあん》での作。「とくとくの清水」への挨拶句《あいさつく》であろう。

朝《あさ》鵙《もず》に掃《さう》除《ぢ》夕《ゆう》鵙《もず》に掃《さう》除《ぢ》かな

昭和十四年（六十五歳）

季語：鵙（秋）

朝夕に掃除をする。一年中、毎日繰り返していることだ。それが秋には朝鵙を聞き、夕鵙を聞きながらの掃除となる。

日々淡々と几帳面《きちようめん》に用事をこなしている人を描いた句と解するが、虚子自身のある一日の自画像と解しても面白い。

手《て》毬《まり》唄《うた》かなしきことをうつくしく

昭和十四年（六十五歳）

季語：手毬唄（新年）

正月、着飾った女の子が手毬で遊ぶ。虚子が見たであろう毬突きはゴムまりを用い、しかも正月とは限らなかったはずだが、俳句の上では、手毬は正月の遊び。歌に合わせて毬を突く。調子の良い歌だが、子細に聞くと悲しい内容である。柔らかな言葉の響きとひらがなの表記が、遊ぶ子供の無心さを思わせる。

大《だい》寒《かん》の埃《ほこり》の如《ごと》く人《ひと》死《し》ぬる

昭和十五年（六十六歳）

季語：大寒（冬）

「埃の如く」は特定の気の毒な人のことではなく、全ての死がそうなのだ。それだけなら常識的な無常観の反芻《はんすう》に過ぎないが、虚子は「大寒」の一事象であるかの如く死を捉えた。メメント・モリから宗教を剝《は》がし、かわりに季語を付けたのだ。大寒という季語に伴われた死は、宗教的死生観のベールを失い、剝《む》き出しの自然現象に一歩近づく。

万《まん》才《ざい》の佇《たたず》み見《み》るは紙《かみ》芝《しば》居《ゐ》

昭和十五年（六十六歳）

季語：万才（新年）

万才は新年を祝う門付けだ。二人組でめでたいことや滑稽《こっけい》なことを述べて祝儀をもらう。万才の二人が突っ立って何かを見ている。子供相手の紙芝居が面白く、つい、つり込まれて見ているのだろう。その姿は可笑《おか》しくもあわれだ。万才も紙芝居もともに路上の芸を商売にする。両者の思わぬ遭遇の場面を、現場を見て来たように詠《うた》った。

よろ〱と棹《さを》がのぼりて柿《かき》挟《はさ》む

昭和十五年（六十六歳）

季語：柿（秋）

実のなった柿の梢《こずえ》を見ていると、よろよろと棹が伸びてきて柿の実を挟んだ。木の下の柿を取っている人の姿は消して、棹の先だけを描いた。

よろよろという擬態語が的確。棹の重さのため、持つ人の腕の覚束《おぼつか》ない様子がよくわかる。たよりなく揺れながら上がっていった棹は無事に柿を摑《つか》んだ。

北《きた》風《かぜ》に人《ひと》細《ほそ》り行《ゆ》き曲《まが》り消《き》え

昭和十五年（六十六歳）

季語：北風（冬）

冷たい北風が吹きすさぶ中、歩いて行く人が見えた。その姿は次第に細く、小さくなり、やがて道の角を曲って消えた。

風の中を進む人の姿を動画のように見せる。ただ小さくなるのではなく、「細る」ところが北風に身をすくめた様子を想像させる。素っ気なく「曲り消え」るところもよい。

『六百句』時代　昭和十六年―昭和二十年

映《えい》画《ぐわ》出《で》て火《くわ》事《じ》のポスター見《み》て立《た》てり

昭和十六年（六十七歳）

季語：火事（冬）

一月二十一日、銀座《ぎんざ》探勝会。金春《こんぱる》映画館での作。映画を見た後、その界隈《かいわい》を歩いていると、街角に火災予防のポスターが貼ってあった。「見て立てり」は一見無意味な措辞だが、描写の対象は「火事のポスター」ではなく、それを見ながら突っ立っている自分の姿なのである。無意識、無意味な日常の一コマを切り取った句と解したい。

夏《なつ》潮《しほ》の今《いま》退《ひ》く平《へい》家《け》亡《ほろ》ぶ時《とき》も

昭和十六年（六十七歳）

季語：夏潮（夏）

六月一日。満朝旅行への途次の門司《もじ》での作。和布刈《めかり》神社に「船見えて霧も瀬戸越す嵐かな　宗祇《そうぎ》」の句碑を見た。古人の句に触発されつつ、またその土地への挨拶《あいさつ》として、「平家亡ぶ時も」と詠んだ。今、自分の眼前で夏潮が退いてゆく。壇《だん》ノ浦《うら》の合戦で平家が亡ぶときもこうだったのだろう、という句意。平家の興亡のイメージを潮の干満に託したとの鑑賞も可能であろう。

夏《なつ》木《き》やゝ衰《おとろ》へたれど残《ざん》暑《しょ》かな

昭和十六年（六十七歳）

季語：残暑（秋）

季語は残暑。夏に茂った木々も、秋には枝葉の勢いに衰えが見える。しかし残暑は厳しい。木々の瑞々《みずみず》しさが失われて、よけいに暑苦しい。季語が秋なので、言葉の上では「夏木」ではあり得ない。夏木という言葉を避ければ「庭木やゝ衰へたれど残暑かな」とでもするのだろうが、それでは句が弱い。上五の夏木という強い響きの言葉ゆえに、下五の「残暑かな」が強く響く。

手《て》を出《だ》せばすぐに引《ひ》かれて秋《あき》の蝶《てふ》

昭和十六年（六十七歳）

季語：秋の蝶（秋）

六十七歳の虚子が、幼くして死んだ孫娘を追憶した句。一茶《いっさ》の「秋風やむしりたがりし赤い花」のような直截《ちょくせつ》さはない。大人が手を出してやれば、だまってその手に引かれて歩いていく。そんな様子だったのが、風に吹かれる秋の蝶のように遠いところへ引かれて行ってしまった。

美しく、はかなく、淡い句だ。甘美ですらある。

その後《のち》の日《じつ》月《げつ》蝕《しょく》す幾《いく》秋《あき》ぞ

昭和十六年（六十七歳）

季語：秋（秋）

九月二十一日、子規庵《しきあん》での作。明治三十五年九月の子規の死から幾秋を経ただろう。「日月蝕す」の解釈は悩ましい。日月のような存在だった子規を失った歳月が続いているという意味か。あるいは歳月（日月）が子規の思い出を風化させているという思いか。この句を詠んだ当日に日蝕があった。その日蝕に触発されて、虚子は子規死後の日月の運行に思いを致したのだろう。

帯《おび》結《むす》ぶ肱《ひじ》にさはりて秋《あき》簾《すだれ》

昭和十六年（六十七歳）

季語：秋簾（秋）

銀座にある常磐津《ときわず》のお師匠さんの居宅での作。着物を着付けるすぐそばに秋簾があって、帯を結ぼうとする肘《ひじ》に秋簾が触るのである。「肱のさはりて秋簾」でも句意をなすが、「肱にさはりて」のほうが秋簾の存在感がある。まだ簾の必要な季節であること、目隠しのための簾であること、狭い一間であることなどが察せられる。

新《しん》聞《ぶん》をほどけば月《つき》の芒《すすき》かな

昭和十六年（六十七歳）

季語：月・芒（秋）

月見用の芒を新聞紙にくるんで持ってきた。包みをほどいたら、つやつやとした芒が現れた。月見の支度の場面である。さあ、これから月見だという気持ちの弾みが感じられる。包装材が新聞紙であるところから、誰それは芒を分担し、誰それは月見団子を分担するといった、気取ったところのない月見であることが察せられる。

目《め》にて書《か》く大《おほ》いなる文字《もじ》秋《あき》の空《そら》

昭和十六年（六十七歳）

季語：秋の空（秋）

秋空そのものを素材にして自由に想を遊ばせた句。「秋天に赤き筋ある如くなり」（昭十二）、「秋空や玉の如くに揺曳《ようえい》す」（同）、「秋天にわれがぐん〳〵ぐん〳〵と」（昭二十三）、「秋の空濁るといふにあらねども」（昭三十二）等の句もある。掲句は虚空に文字を描いて見せた。それは「言葉」ではなく「文字」である。写実的な句とは言い難いものの、「目にて書く」は的確な描写。

大木《たいぼく》の見《み》上《あ》ぐるたびに落葉《おちば》かな

昭和十六年（六十七歳）

季語：落葉（冬）

小石川《こいしかわ》植物園での作。はらはらと落葉が降ってきた。この大木が降らす落葉だろうかと思って見上げると、はたしてその木から降ってくるのであった。また降ってくるかと思って見上げると、そのたびに降ってくる。高弟の渡辺《わたなべ》水巴《すいは》の「水無月の木蔭によれば落葉かな」は句集『白日』（昭十一）所収。水巴の句は繊細な叙情。虚子の句はさらっとした叙景。

口《くち》あけて腹《はら》の底《そこ》まで初笑《はつわらひ》

昭和十七年（六十八歳）

季語：初笑（新年）

腹の底から笑う、という言い方があるが、この句は「腹の底まで」である。「底から」も「底まで」も、上辺の笑いでないという点は同じ。ただし「底から」は笑いが底から発する感じだが、「底まで」は笑っている人物が腹の底まで笑いに満たされている感じ。一見無造作な「口あけて」という描写が、笑っている人物の「腹の底」へと読者の視線を誘導する。

向日葵《ひまはり》が好《す》きで狂《くる》ひて死《し》にし画家《がか》

昭和十七年（六十八歳）

季語：向日葵（夏）

八月八日の実朝《さねとも》祭での作。同時作は「向日葵を画布一杯に描きけり」。実朝祭で虚子はゴッホを詠んだ。実朝もゴッホも天才、不如意な生涯、非業の夭逝《ようせつ》の人。水原秋櫻子《みずはらしゅうおうし》の「狂ひつつ死にし君ゆゑ絵のさむさ」は自殺未遂を起こした天逝の画家佐伯祐三《さえきゆうぞう》の遺作展での作である。秋櫻子の句は、眼差《まなざ》しは優しいがいささか他人行儀。対する虚子の句はゴッホそのものだ。

月《つき》見《み》までまだ日《ひ》数《かず》あり葭《よし》日《ひ》覆《おい》

昭和十七年（六十八歳）

季語：日覆（夏）

月見までまだ日数があり、眼前の景は葭日覆。形の上では夏の句だが、十五夜までの日数を意識する頃なので、気分的には秋の句だ。

上五中七は心に思ったこと、あるいは人々が話していることだろう。目の前の葭日覆を詠み込みつつ、心の中の月見のことを詠む。時間や空間の扱いが自在だ。目の前の物を見ることだけに囚《とら》われた句ではない。

起《お》きてゐる娘《こ》の宿《やど》を訪《と》ふ野《の》分《わき》かな

昭和十七年（六十八歳）

季語：野分（秋）

九月十六日、麴町《こうじ》永田《ながた》町の眞下《ました》宅での作。台風のため鎌倉の自宅に帰り難くなった場面か。長女が嫁いだ眞下家に立ち寄った。嫁いで三十年。もはや中年の頼もしい娘となっている。夜道に眞下家が見えて来る。灯が点《とも》っている。長女はまだ起きていて「まあお父さん、こんな夜にどうしたの」などと言いながら、虚子を招き入れた、という状況を想像する。

呉《く》れたるは新酒《しんしゅ》にあらず酒《さけ》の粕《かす》

昭和十七年（六十八歳）

季語：新酒（秋）

酒蔵から贈答品を送って来た。嬉《うれ》しや新酒か、と思ったら酒粕であった。そこに軽い可笑《おか》しみがある。「新酒にあらず」だから、季語である新酒は不在である。しかし「新酒にあらず」と思うこと自体が新酒の季節であることの証左である。酒粕は下戸にも喜ばれる。虚子は脳溢血《のういっけつ》を患ったことがあり、以後は酒を控えていたという。

口《くち》に袖《そで》あてゆく人《ひと》冬《ふゆ》めける

昭和十七年（六十八歳）

季語：冬めく（冬）

にわかに冷え込んできた。道行く人も寒そうである。中には手が冷たいので歩きながら袖で隠し、袖ごと息を吹きかけて温めている人もいる。「口に袖あてゆく人」だけでも寒そうな様子が想像できるが、「冬めける」があるので冬の印象が確定する。「冬めきぬ」でなく「冬めける」としたので、冬めいたという状態が持続しているという意味になる。

天地《あめつち》の間《あひだ》にほろと時雨《しぐれ》かな

昭和十七年（六十八歳）

季語：時雨（冬）

広い天地、茫漠《ぼうばく》とした広がりの中を「ほろ」と時雨が通り過ぎる。具体的なものは何もないが、あめつち、ほろという古雅な響きが、時雨にまつわる文学的な情緒を引き立てる。

鈴木《すずき》花蓑《はなみの》追悼の句。花蓑は虚子に忠実に、緻密《ちみつ》な写生を深めた。その句境を、ほろと通り過ぎる時雨に喩《たと》える思いがあったのかもしれない。

鞄《かばん》あけ物《もの》探《さ》がす人《ひと》冬《ふゆ》木《き》中《なか》

昭和十七年（六十八歳）

季語：冬木（冬）

冬の木立は葉を落とし視界良好だ。勤め人か商売人か、鞄に入れたはずの物を探しているらしい。困っているだろう、焦っているだろうというようなことを作者は考えない。木立の中で人が鞄の中を探っている情景を、ただ眺めている。冬木立らしい風景とともに、眼前の情景にしか関心がない作者の心の状態が伝わって来る。一種、無意味に近い句ではある。

よべの月《つき》よかりしけふの残暑《ざんしょ》かな

昭和十八年（六十九歳）

季語：残暑（秋）

残暑だ。昨夜、月がよく照っていたことを思い出す。晴天が続いている。「やう〳〵に残る暑さも萩の露」「月見までまだ日数あり葮日覆」「つゝじ散り皐月《さつき》つゝじはまだの頃」の如く、虚子は季節や時の移ろいをそのまま句にすることがある。「去年今年《こぞことし》貫く棒の如きもの」も時の流れそのものだ。俳句にとって、それらは一種の禁断の果実なのかもしれない。

過《あやま》ちは過《あやま》ちとして爽《さわ》やかに

昭和十八年（六十九歳）

季語：爽やか（秋）

「過ちは過ちとして」は、反省や悔悟を確認した上で前向きの話をしましょうという文脈で使う。双方に非があった場合はこんな言い方もあり得よう。「爽やか」は快い秋の気候を表わす季語だ。いわゆる、きれいさっぱりというニュアンスはない。この句は季語でカムフラージュした処世訓とも思える。この手の俳句もまた、俳人が溺《おぼ》れてはならない禁断の果実の一種だ。

あの雲《くも》の昃《かげ》り来《く》るべし秋《あき》の晴《はれ》

昭和十八年（六十九歳）

季語：秋晴（秋）

秋晴の空を見ている。時が経つにつれ、少しずつ日が翳《かげ》って来る。あの雲もそろそろ翳って来るはずだ、などとぼんやり考えながら空を仰いでいる。ボーッと空を眺め続けることに耐えられる人にしか作れない句だ。ただ秋晴の空があるだけの単純な情景の中に、青空と雲、光と翳り、時の移ろいなど、豊かな表情を見出《みいだ》した。

マスクして早《は》や彼《かれ》ありぬ柳散《やなぎち》る

昭和十八年（六十九歳）

季語：柳散る（秋）

マスクをして早や彼がいる、柳が散っている、以上終り、という句だが、ある種の人物像が想像される。柳が街路樹だとすれば都会生活者。「早や彼ありぬ」とは、句会などに早めに現れるのだろうか。都会に暮らす、気の小さそうな男が思い浮かぶ。柳散るという季語が、その季語にふさわしい人物像を要求していることは間違いない。

川《かわ》下《しも》の娘《こ》の家《いへ》を訪《と》ふ春《はる》の水《みず》

昭和十八年（六十九歳）

季語：春の水（春）

十一月十五日、愛子居《あいこ》での作。愛子は病身の女弟子で、越前《えちぜん》の三国《みくに》に母と住んでいた。本宅に住む父親は九頭竜《くずりゅう》川の川下の愛子の家に時々訪ねて来る。その話を聞いて詠んだ。十一月であるにもかかわらず、虚子は「春の水」を季語として用いた。現実の季節よりも、愛子への思いに適《かな》う季語を用いることの方が大切だと考えたからだ。

不《ふ》思《し》議《ぎ》や汝《な》れが踊《をど》れば吾《われ》が泣《な》く

昭和十八年（六十九歳）

季語：踊（秋）

「十一月十八日。山中、吉野屋に一泊。愛子の母われを慰めんと謡ひ踊り愛子も亦《また》踊る」と詞書《ことばがき》。胸を病む薄倖《はっこう》の愛子の踊る姿に、虚子はあわれを催した。立冬過ぎの同時作には「北国のしぐるる汽車の混み合ひて」「温泉《ゆ》に入りて暫《しば》しあたたか紅葉冷え」等、秋と冬が混じる。「踊」は本来、盆踊を意味するが、この句は座敷での踊を挨拶句の季語として用いた。

話《はな》しつつ行《ゆ》き過《す》ぎ戻《もど》る梅《うめ》の門《もん》

昭和十八年（六十九歳）

季語：梅（春）

話しながら歩いていたら、うっかり目指す家を通り過ぎてしまった。気がついて引き返し、目指す家に着くと梅が咲いていた。

句全体にのんびりとした春の気分が感じられる。一連の経過をつぶさに語っているので、自分のことを詠《うた》った句と解せよう。「梅の門」という言い方が古風。地味な、爺《じじ》むさいとも思える句だ。

風邪《かぜ》引《ひき》に又《また》夕方《ゆふがた》の来《きた》りけり

昭和十八年（六十九歳）

季語：風邪（冬）

数日を風邪に臥《ふ》している。今日も無為に過ごしてしまった。空しい気分だが、人生をサボっているような一日も悪くないと思う。夕暮でなく、夕方というザクッとした語感がよい。こんな脱力系の句に「けり」という格調高い切れ字が付く。風邪で寝ているのがよいことのようにも思えて来る。俳句には、世のマジメな価値観をひそかに蝕《むしば》むようなところがある。

うかとして何《なに》か見《み》てをり年《とし》の暮《くれ》

昭和十八年（六十九歳）

季語：年の暮（冬）

何かに気を取られ、ボーッと眺めている。うっかりすると人の話を聞き逃したり、電車を乗り過ごしたりしかねない。忙しい年の暮だからこそ、ふと茫然《ぼうぜん》たる思いに囚《とら》われる。

自分の心の状態を、もう一人の自分が観察して詠んだかのようだ。虚子の句にはしばしば離見の見というべき二重構造の精神が働いている。

根《ね》切《きり》蟲《むし》あたらしきことしてくれし

昭和十九年（七十歳）

季語：根切蟲（秋）

根切蟲は蛾の一種の幼虫。植物の茎の根に近い部分を食うのでネキリムシと呼ばれる。害虫である。

「あたらしきことしてくれし」に気持ちが籠《こも》っている。これまでの所業に加え、また次の悪行に及んだのかという心持ちの「あたらしきこと」であり、よくもまあやってくれたものだ、という心持ちの「してくれし」である。

老《おい》の眼《め》に、《チユ》とにじみたる蠅《はへ》を打《う》つ

昭和十九年（七十歳）

季語：蠅（夏）

視力の衰えた老人の視界。墨が「、」と滲《にじ》むように蠅がいる。老人は何も考えず、ただそれを打つ。

阿波野青畝《あわのせいほ》の句集『国原《くにはら》』（昭十七）に「蟻地獄、とゐる蠅によろこばず」がある。青畝の句は、蟻地獄と蠅の関係の無さに着目したユーモラスな作だが、虚子の句は真面目な中に老いの無聊感《ぶりよう》が滲む。

ラヂオよく聞《き》こえ北《きた》佐《さ》久《く》秋《あき》の晴《はれ》

昭和十九年（七十歳）

季語：秋晴（秋）

ラジオ、電波、空、北佐久、秋晴という、言葉を辿《たど》っての連想の流れがそのまま俳句になったような作。無造作に呟《つぶや》くような導入部が読者を心地よい連想へ誘う。ラジオの電波が飛ぶ秋晴の空を読者は易々と思い浮かべる。人の心は二三個の単語を見ただけで連想を催し、ありそうなストーリーを紡ぎ始めるという。虚子の句は、人間の心の法則に忠実に作られている。

虹《にじ》立《た》ちて忽《たちま》ち君《きみ》の在《あ》る如《ごと》し

昭和十九年（七十歳）

季語：虹（夏）

「十月二十日。虹立つ。虹の橋かゝりたらば渡りて鎌倉に行かんといひし三国の愛子におくる」と詞書《ことばがき》。「虹消えて忽ち君の無き如し」が同時作。愛子の美しさ、はかなさを虹に喩《たと》えた。実際は秋の虹だが、季語は眼前の季節にこだわらず、「虹」（夏）である。虚子は昭和二十二年四月にも「虹の橋渡り交して相見舞ひ」と詠み、愛子に書き送っている。

刈《か》りかけし蘆《あし》いつまでも其《そ》のままに

昭和十九年（七十歳）

季語：蘆（秋）

『ホトトギス』昭和三年四月号の「雑詠句評会」で高野素十《すじゅう》の「また一人遠くの蘆を刈りはじむ」を評したさい、虚子は能の「蘆刈《あしかり》」に言及した。この能は、零落し、蘆刈をしている男と妻とが再会し、連れ立って都に上るという物語である。刈りかけの蘆はそのまま残されるのであろう。河畔の蘆を刈る実景とも解せるが、能の一場面からの連想として鑑賞しても楽しい。

舞《ま》うてゐし庭《には》の落葉《おちば》の何時《いつ》かなし

昭和十九年（七十歳）

季語：落葉（冬）

風に吹かれて落ちる葉があり、風もないのに枝を離れる葉がある。いつ見ても庭に落葉が舞っていた。ところがふと気が付くと、あれほど舞っていた落葉が途絶えている。当たり前のようにあったものが、いつのまにかなくなっているという不思議。また時が経てば盛んに舞い落ち始めることであろう。風景のささやかな変化を捉《とら》えた作である。

山《やま》国《ぐに》の蝶《てふ》を荒《あら》しと思《おも》はずや

昭和二十年（七十一歳）

季語：蝶（春）

山国の精悍《せいかん》な感じの蝶。「思はずや」と、読者に呼びかけるように詠んだ。そこには存問《そんもん》（挨拶）の心がある。立夏を過ぎた五月十四日、小諸《こもろ》での作。同時作の「紙魚《しみ》のあとひさ《久》しのひの字しの字かな」の季は紙魚（夏）である。「荒し」には夏の蝶の感じがあるが、ただの「蝶」（春）として詠んだ。眼前の季節（初夏）ではなく、季語（蝶）を詠むのが虚子流である。

日《ひ》のくれと子供《こども》が言《い》ひて秋《あき》の暮《くれ》

昭和二十年（七十一歳）

季語：秋の暮（秋）

何も知らないような小さな子どもが「日のくれ」と言った。秋の暮は和歌以来の伝統を負う、もののあわれを誘う時節。無垢《むく》な子どもの言葉にも、もの淋《さび》しさが増すようだ。事柄をそのまま描いたように見せて「秋の暮」という季語の含意を十二分に引き出している。

木《き》々《ぎ》の霧《きり》柔《やは》らかに延《の》びちぢみかな

昭和二十年（七十一歳）

季語：霧（秋）

木々にまとわりつくように霧が動いている。空気の流れに従って大きく広がり、また木の間に退く。一つの生き物が柔らかに伸び縮みしているかのようだ。

中七下五の描写も的確だが、上五の「木々の霧」が秀逸。木々は霧の湧く単なる場所ではなく、霧に命を与えているかのようだ。

夕《ゆふ》紅《もみ》葉《ぢ》色《いろ》失《うしな》ふを見《み》つつあり

昭和二十年（七十一歳）

季語：夕紅葉（秋）

紅葉に夕暮が訪れる。夕闇が濃くなるにつれ、色がくすみ、モノトーンに近づいていく。微妙ながら確実な変化だ。秋の日暮は早い。目の前で紅葉の色が消えて行く。下五の「見つつあり」が曲者《くせもの》。意味の上ではあえて言う必要のない「見る」という言葉をわざわざ明示した。それによって夕紅葉を見つつある場面と時間の経過に読者を誘う。

思《おも》ふこと書信《しょしん》に飛《と》ばし冬籠《ふゆごもり》

昭和二十年（七十一歳）

季語：冬籠（冬）

小諸《こもろ》に疎開していた虚子は、昭和二十二年まで小諸に住み続けた。昭和二十年五月号の刊行以後休刊していた『ホトトギス』は同年十月号から復刊。虚子は小諸で「冬籠」をしながら全国各地の知友や門人に書信を送り、その意を発信し続けた。「飛ばし」という言葉に遊び心がある。

『六百五十句』時代　昭和二十一年―昭和二十五年

山《やま》の雪《ゆき》胡《ご》粉《ふん》をたゝきつけしごと

昭和二十一年（七十二歳）

季語：雪（冬）

小諸《こもろ》滞在中の作。山に吹きつけた雪を胡粉に喩《たと》えた。胡粉は白い顔料。「ごと」は直喩《ちょくゆ》の「如」である。たんに「胡粉のごと」ではなく「たゝきつけし」があるので、叩《たた》きつけるような風雪の強さが想像される。また、粉を吹きつけたような視覚的な印象も伴う。叙景句における虚子の卓抜な描写力を示す作例である。

日《ひ》凍《い》てゝ空《そら》にかゝるといふのみぞ

昭和二十一年（七十二歳）

季語：凍《い》つ（冬）

凍るといえば、池や川、ときには滝。この句では日輪が凍った。虚子はこの頃小諸《こもろ》に住み、厳しい寒さをその身に感じた。「日凍てゝ」は冷たく輝いている印象。「空にかゝる」は虚空にぶら下がっている印象。「日凍てゝ空にかゝる」で一句は完結しているが、上五中七は唐突であり、大仰でもある。それを念押しするように定着させるのが「いふのみぞ」の効果である。

耳《みみ》袋《ぶくろ》して当《あた》りをる炬《こ》燵《たつ》かな

昭和二十一年（七十二歳）

季語：耳袋・炬燵（冬）

小《こ》諸《もろ》滞在中の作。炬燵に当っているが、耳が寒いので耳袋をしている。耳袋と炬燵という二つの季語で出来上がった句である。季重なりではあるが、耳袋も炬燵もモノとして句の構成要素となっており、季重なりを問題視すべき句ではない。小諸は寒いよ、と呟《つぶや》いているような、いくぶんとぼけた味わいのある作品である。

世《よ》の中《なか》を遊《あそ》びごゝろや氷柱《つらら》折《を》る

昭和二十一年（七十二歳）

季語：氷柱（冬）

気軽な遊びごころで世の中を過ごす。氷柱も手ごろなものなら子どものように折って遊ぶ。

「落花のむ鯉はしやれもの髭《ひげ》長し」もそうだが、虚子の句には「遊びごゝろ」や「しやれもの」など、遊びなれた粋人のような風がある。ただしその遊び心を発揮するのは、お座敷ではなく、氷柱や池の鯉などにおいてだ。

煎《いり》豆《まめ》をお手《て》のくぼして梅《うめ》の花《はな》

昭和二十一年（七十二歳）

季語：梅の花（春）

てのひらをすぼめ、煎豆をもらう。子供だろうか。大人が子供のような仕草をしているのだろうか。子供に返ったような小さな幸せのひとときだ。春の訪れを告げる豆粒のような花びら。身近にある懐かしい花の香。そんな梅の花がこの句に相応《ふさわ》しく、梅の花にはこの句が相応しい。

雛《ひな》あられ染《そ》める染粉《そめこ》は町《まち》で買《か》ひ

昭和二十一年（七十二歳）

季語：雛あられ（春）

小諸《こもろ》滞在中の作。雛を飾った状態ではなく、雛祭の準備段階を詠んだ句。雛あられを染める食用染料は手近に売っていない。そのため町に出たときに買う。そのことからその家が田舎にあることがわかる。無造作な調子の句だが、ソメルソメコハ、という中七の口調が心地よい。音読に堪える作である。

初《はつ》蝶《てふ》来《く》何《なに》色《いろ》と問《と》ふ黄《き》と答《こた》ふ

昭和二十一年（七十二歳）

季語：初蝶（春）

春になって初めての蝶。「初蝶だよ」と家の中にいる人に声を掛ける。「何色」と問われ「黄色」と答える。スピード感のある口調で対話を一句の中に取り込んだ。初蝶を見た心の弾みが消えぬまま、それを話題にできる相手がいることが嬉《うれ》しい。別の読みとしては、初蝶に対して色を問い、初蝶自身が答えるとも読める。その場合は蝶を擬人化した非現実の世界である。

桃《もも》咲《さ》くや足《あし》なげ出《だ》して針《はり》仕《し》事《ごと》

昭和二十一年（七十二歳）

季語：桃の花（春）

桃の花が咲いている。縁側か座敷の端近か、明るいところで、足を投げ出して針仕事をしている。行儀は悪いが、健康そうな若い人が裁縫にいそしんでいる姿が浮かぶ。

桃には詩経の祝婚歌「桃夭《とうよう》」の連想があり、自然と若い女性を思わせる。生命力を感じさせる桃の花によって一句のイメージが決定づけられる。

風《ふう》鎮《ちん》は緑《みどり》水《ずい》晶《しやう》鉄《てつ》線《せん》花《くわ》

昭和二十一年（七十二歳）

季語：鉄線花（夏）

風鎮がある。ということは軸が掛かっている。風鎮は緑水晶だ。すがすがしい空間である。そのへんに鉄線花がある。花の大きさ、質感、玲瓏《れいろう》とした色、鉄線という硬い字面などが、同じく硬い字面の「風鎮は緑水晶」とマッチしている。緑水晶の風鎮と鉄線花とが美しく映え合っている。

主人《あるじ》今《いま》暗《くら》き実《み》梅《うめ》に筆《ふで》すゝむ

昭和二十一年（七十二歳）

季語：実梅（夏）

鎌倉《かまくら》の吉屋《よしや》信子《のぶこ》邸での作。小説家の吉屋信子は俳句を愛好し、虚子と親交があった。吉屋邸の梅は葉が茂り、実をつけている。梅の木に日を遮られた書斎で、主《あるじ》は小説を書いている。「筆すゝむ」には、句座の亭主たる信子に対する「筆硯《ひっけん》益々御清栄」というほどの挨拶《あいさつ》の心持ちもあろう。「暗き」という陰影が一句のあやとなっている。

河《かう》骨《ほね》の花《はな》に添《そ》ひ浮《う》くいもりかな

昭和二十一年（七十二歳）

季語：いもり・河骨（夏）

河骨は浅い水に花柄を立て、丸っこい黄色い花を咲かせる。その傍に、真っ黒ないもりが花に添うように浮いている。いもりの姿形は人好きのするものではないが、澄んだ水にしか棲《す》めない生き物である。河骨の花のほとりにいもりがいるのは、夏の水辺の自然なスケッチだ。河骨の花も夏の季語だが、この句ではいもりが主役。河骨は背景である。

蛍《ほたる》火《び》の鞠《まり》の如《ごと》しやはね上《あが》り

昭和二十一年（七十二歳）

季語：蛍（夏）

いったん降下して来た蛍が、ある高さのところで手毬《てまり》が跳ねるように、ふたたび上昇した。蛍の上下の動きを捉《とら》えた作。「如しや」は「如し」（終止形）と切れ字の「や」。意味の上では「鞠の如くにはね上り」だが、文章上は「や」で切れ、休止がある。その休止によって、句中の空間・時間にちょっとした余裕が生じ、句中の世界の広がりが増しているような印象がある。

緑《りょく》蔭《いん》に網《あみ》を逃《に》げたる蝶《てふ》白《しろ》し

昭和二十一年（七十二歳）

季語：緑蔭（夏）

網を逃れた蝶が緑蔭にいる。「白き蝶」でなく「蝶白し」としたので蝶の白さに余韻がある。緑蔭にいる蝶に手は届かない。まるで青い鳥のように。虚子の句は平明であり、言葉の流れが自然である。読者の思考力への負担が軽い。そのため、読者は脳のキャパシティーを、句を読むこと自体より、句を読みながらの自由な想像のほうに充てることができる。

涼《すず》しさの肌《はだ》に手《て》を置《お》き夜《よる》の秋《あき》

昭和二十一年（七十二歳）

季語：涼し・夜の秋（夏）

涼しく汗のひいた肌に置く手が快い。涼しさも夜の秋も夏の季語。季重なりを禁忌とする人には許せないかもしれない。しかしこの句の言葉の均衡は美しい。虚子は「小主観」が句にもたらす濁りを鋭く見抜いた。一方で、無造作な句、雑に見える句が多々ある。虚子の言語感覚は一種、天才のものだった。

烈《れつ》日《じつ》の下《もと》に不《ふ》思《し》議《ぎ》の露《つゆ》を見《み》し

昭和二十一年（七十二歳）

季語：露（秋）

日ざしの下に露の玉を見た。「秋霜烈日」の烈日は夏だが、たんなる烈日に夏の意はない。「金剛の露ひとつぶや石の上」は『川端茅舎句集《かわばたぼうしゃ》』（昭九）所収。「不思議の露を見し」は、愛弟子《まなでし》の茅舎に負けじと露を詠んだ虚子の気迫。「ホトトギス」昭和二十二年八月号の「句日記」所収。前年十月号に「烈日のもと思ひきや露を見る」として初出したものを掲出の形に推敲した。

秋茄子《あきなす》の日《ひ》に籠《こ》にあふれみつるかな

昭和二十一年（七十二歳）

季語：秋茄子（秋）

秋の日が降り注ぐ畑での、秋茄子の収穫。「ホトトギス」昭和二十二年一月号の「夏の稽古會《けいこかい》」の記録に「門畑の秋茄子の日に籠にみつる」とあり、同年八月号の「句日記」に掲出の形に直して再掲した。「門畑」という場所の説明は略し、「あふれみつるかな」という秋茄子を賛美するようなフレーズを採用した。一句の調子を重視した推敲《すいこう》の過程が興味深い。

秋《しう》灯《とう》や夫《ふう》婦《ふ》互《たがひ》に無《な》き如《ごと》く

昭和二十一年（七十二歳）

季語：秋灯（秋）

長く連れ添った夫婦が秋の夜、一つ灯の下にいる。「無き如く」と思うことが互いの存在の確認である。

幸福な家庭は一様だが、不幸な家庭は多様だという。この句の夫婦は幸福なケースだろう。そういう夫婦間の空気を一言で言い表したような句だ。詠まれた内容は平凡極まりないが、この句も虚子の一部である。

物《もの》浸《つ》けて即《すなは》ち水《み》尾《を》や秋《あき》の川《かは》

昭和二十一年（七十二歳）

季語：秋の川（秋）

視覚は一点に集中する。読者の目を水尾に集中させるためには、川に浸けた物体は文字通り漠然とした「物」でなければならない。

この句は「物浸けて即ち水尾や爽やかに」でもよい。浸けた物が水尾をひくのは川に決まっている。「秋の川」の川の字は意味の上では無駄だ。しかし水尾と川を重ねることにより一句の情報量は減り、句は単純に、強くなる。

顚《てん》落《らく》す水《みづ》のかたまり瀧《たき》の中《なか》

昭和二十一年（七十二歳）

季語：滝（夏）

箕面《みのお》の滝での作。滝を「顚落」する「水のかたまり」と捉えた。文脈上は終止形の「顚落す」で一度切れる。倒置法である。十一月八日の作。句作時の季節は秋ないし冬だが、滝が季語である以上、読者は涼しげな夏の滝を想像することが期待される。このような「滝」の使い方には、現実の季節感より、季の「題」としての約束事を優先する虚子の季語観が表れている。

去年《こぞ》今年《ことし》追善《ついぜん》のことかにかくと

昭和二十二年（七十三歳）

季語：去年今年（新年）

俳人長谷川素逝《はせがわそせい》は京都帝大卒の陸軍士官だった。昭和二十一年十月に四十歳で病没。句集『砲車』の戦場吟などで知られる。虚子は、愛弟子であった素逝の夫人に、追善のことをあれやこれやと申し送った。

素逝没後はじめて年が改まったという思いだろうか。虚子は元旦早々、この追善の句を詠んだ。虚子という複雑な人物の温かい一面が現れた句だ。

冬《ふゆ》籠《ごもり》われを動《うご》かすものあらば

昭和二十二年（七十三歳）

季語：冬籠（冬）

冬籠である。どっかと腰を下し容易には動かないぞという体《てい》。動かせるものなら動かしてみろとも、動く気にさせてくれるものがあればなあ、とも読める。このとき虚子は七十三歳。小諸《こもろ》に疎開したまま終戦の翌々年を迎えた。この秋、四年ぶりに鎌倉に帰る。「動かす」は住居のことだけではない。老いの心血を注ぐべきは何なのか、虚子はじっと思い巡らしていたのだろう。

下《した》萌《もえ》や石《いし》をうごかすはかりごと

昭和二十二年（七十三歳）

季語：下萌（春）

はかりごとと言っても庭石を動かす算段だ。春になり、草が萌える。「石をうごかすはかりごと」という大きく包むような捉え方は、写生一辺倒の作者には真似のできないところだろう。下萌という季語は大地に視線を向けさせる。石と相性がよい。形の上では下萌と石の二物配合だが、二物の間の距離は近く、読者が頭の中で映像化しやすい句である。

春《はる》雨《さめ》のかくまで暗《くら》くなるものか

昭和二十二年（七十三歳）

季語：春雨（春）

「春雨といふ言葉には、艶《つや》やかさ、情こまやかなものなどを感ずるのであるが、しかしそれ等のものにこだはつてはいけない」と虚子は言う（『新歳時記』）。この句の春雨の暗さもまた、伝統的情緒に囚《とら》われない実感である。「かくまで～なるものか」は心の呟《つぶや》きをそのまま句にしたような趣。読者は作者の思いを介し、春雨のもたらす思わぬ暗さを感得する。

雨《あめ》浸《し》みて巌《いはほ》の如《ごと》き大《おほ》夏《なつ》木《き》

昭和二十二年（七十三歳）

季語：夏木（夏）

黒々と雨が浸みた木膚《きはだ》に着目した俳人は少なくない。例えば安部《あべ》みどり女《じょ》の句「雨しみて幹の黒さや冬ごもり」（大正八）がある。その中でこの句は「巌の如き大夏木」と大きく打って出た。虚子は大胆であるときは大胆さに徹する。木を岩に喩《たと》えたところは大胆だが「雨浸みて」は確かな描写。それゆえ「巌の如き」も「大夏木」も誇張とは感じられない。

獺《だっ》祭《さい》忌《き》鳴《めい》雪《せっ》以《い》下《か》も祭《まっ》りけり

昭和二十二年（七十三歳）

季語：獺祭忌（秋）

このとき虚子は七十三歳。子規《しき》を囲んだ仲間であった内藤《ないとう》鳴雪、河東碧梧《かわひがしへきご》桐《とう》、坂本四方太《さかもとしほうだ》、五百木《いおき》飄亭《ひょうてい》等は既に世を去っていた。その長老格が、弘化《こうか》四年（一八四七）生まれで子規生前から鳴雪翁と呼ばれていた鳴雪であった。「鳴雪以下」という気取らない、むしろぞんざいなほどの言い方に、ともに青春を過ごした往年の仲間意識が感じられる。

爛《らん》々《らん》と昼《ひる》の星《ほし》見《み》え菌《きのこ》生《は》え

昭和二十二年（七十三歳）

季語：菌（秋）

昼の星が見え、茸《きのこ》が生えている。文字通りにはそういうことだが、爛々と輝くというところが妖《あや》しい。茸もいささか不気味で、「生え」という不安定な連用形の句末が不思議な、しかしどこかにありそうな景を作る。楽屋裏は、小諸《こもろ》での送別句会で、井戸の中にいて昼の星と茸を見たという人の話を聞いての即吟。しかし事実を超越した世界を見せた作品として鑑賞したい。

春水《しゆんすい》に両手《りやうて》ひろげて愉快《ゆくわい》なり

昭和二十三年（七十四歳）

季語：春水（春）

春水は池でも川でもよい。ある程度の広さを持った水面を想像する。その広やかな水面に相対しつつ、両手を広げてみた。そんな自分の姿やそのようにしている心持ちが「愉快なり」というのである。何も考えていない、ただ屈託のないだけの句とも思えるし、無邪気さを演じた自分の演技に自分で興じている句とも思える。

海女《あま》とても陸《くが》こそよけれ桃《もも》の花《はな》

昭和二十三年（七十四歳）

季語：桃の花（春）

二物配合の手堅さが目立つ虚子にあって、海女と桃の花の取合せは鮮やかだ。下五が「梅の花」では海女が寒そうだ。「夕桜」では何となく海女がかなしい。遠く望む花の色の明るさ、風の柔らかさ、陸の懐かしさ、海女の健やかさなどを感じさせる季語は「桃の花」だ。以上は後付けの説明。季語を桃の花に決めたのは作者の直観であり、句作の現場での決断である。

梅雨《つゆ》眠《ねむ》し安《やす》らかな死《し》を思《おも》ひつゝ

昭和二十四年（七十五歳）

季語：梅雨（夏）

同時作に「といふ間に用事たまりて梅雨眠し」がある。梅雨時は疲れやすく眠い。眠気の延長線上に安らかな死があると虚子は詠《うた》う。一方に「用事たまりて」という現実的なぼやきがある。

「春眠暁を覚えず」は常識だが、「梅雨眠し」は常識という以前に身も蓋《ふた》もなくリアル。「安らかな死」が手の届くところにあるように思えて来る。

あの音《おと》は如《い》何《か》なる音《おと》ぞ秋《あき》の立《た》つ

昭和二十四年（七十五歳）

季語：秋立つ（秋）

古来、人は手をかえ品をかえ立秋を詠んだ。「如何なる音ぞ」は、蕪村《ぶそん》の「秋立つや何に驚く陰陽師《おんみょうじ》」の「何に驚く」を思わせるが、虚子の句の方が、言葉のタッチは軽い。

一句に具体的な物が何もない。ただ季語があるだけだ。そういう意味では句作りの「常識」から外れた句ではある。

秋《あき》雨《さめ》や庭《には》の帚《はう》目《め》尚《なほ》存《そん》す

昭和二十四年（七十五歳）

季語：秋雨（秋）

静かに庭を見ている。以前に掃いたときの帚目が残っている。帚目の残った土を秋雨が濡《ぬ》らしている。誰もが目にする景だ。

虚子七十五歳の作。秋雨にも庭の帚目にも何の新奇さもない。「秋雨や」という上五は、これまでいく度となく詠まれてきた。御飯とみそ汁、普段着のような句だ。このような句を虚子は黙々と営々と詠み続けた。

手《て》で顔《かほ》を撫《な》づれば鼻《はな》の冷《つめ》たさよ

昭和二十四年（七十五歳）

季語：冷たし（冬）

冬の日。何の気なく顔に手を当てると、鼻が冷たい。誰にでも経験のあることだろう。世の中はもちろん、自分にとってもまさにどうでもいい事実だが、虚子はぬけぬけと一句にしてしまう。人のすることの大抵は無意味ともいえる。その無意味な世界を、手ざわりをもって伝える。

葉《は》ごもりに引《ひ》つかゝりつゝ椿落《つばきお》つ

昭和二十五年（七十六歳）

季語：椿（春）

椿の花は散ることなく、花のままに落下する。大きな椿の木の、高いところにある花が落ちた。葉が茂ったところでは葉に隠れ、あるいは枝にぶつかりながら落ちて行った。何もない空間をすとんと落ちるのではなく、木の奥まったところを落ちて行く椿の様子を丁寧に描写した。おそらく二、三秒ほどの間の出来事であろう。

朝顔《あさがほ》や政治《せいぢ》のことはわからざる

昭和二十五年（七十六歳）

季語：朝顔（秋）

朝顔は日々、市井に咲く。政治と関係のない庶民の暮しを思わせる花だ。政治家になる気はなかったかと問われた虚子は、なる気はなかったが政治に興味はあったと答えた（『虚子俳話録』）。後年、花鳥諷詠《ふうえい》の俳人となってからの虚子は、政治には不案内ということにしていたのだろうか。「朝顔や」というあっけらかんとした上五は、いかにも何も考えていないようで楽しい。

白《しろ》芙《ふ》蓉《よう》松《まつ》の雫《しづく》を受《う》けよごれ

昭和二十五年（七十六歳）

季語：芙蓉（秋）

白い芙蓉の花の上に松の枝が伸びているのだろう。松葉の先から落ちて来る雨の雫が芙蓉にかかる。「よごれ」というほど松の雫がきたないとは思えないが、純白の芙蓉の花にとっては「よごれ」に等しいと感じたのだろう。「受けよごれ」という一見下手な叙法に、一種の力強さがある。

冬《ふゆ》ざれや石《いし》に腰《こし》かけ我《われ》孤《こ》独《どく》

昭和二十五年（七十六歳）

季語：冬ざれ（冬）

「玉藻」昭和二十六年二月号には「冬ざれの石に腰かけ今孤独」とある。「ホトトギス」同年十一月号で掲出の形に直している。「今孤独」では孤独なのは今だけ。「我孤独」だと「我」そのものが孤独。「我孤独」のほうがより孤独だ。「冬ざれの」だと「冬ざれ」は「石」にかかる。「冬ざれや」とすると「冬ざれ」は句全体に及ぶ。「冬ざれや」のほうが、句に広がりが出る。

舌《した》少《すこ》し曲《まが》り目《め》出《で》度《た》し老《おい》の春《はる》

昭和二十五年（七十六歳）

季語：老の春（新年）

「十二月十三日。諸方より新年の句を徴されて」とある。同時作は「大勢の子育て来し雑煮かな」「今年子規五十年忌や老の春」「其他の事皆目知らず老の春」。老いて舌が少々もつれがちになるまで生き得た。それを「目出度し」と詠んだ。虚子は大正九年、四十六歳のとき軽い脳溢血《のういっけつ》を患い、以後は禁酒したという。

去年《こぞ》今年《ことし》貫《つらぬ》く棒《ぼう》の如《ごと》きもの

昭和二十五年（七十六歳）

季語：去年今年（新年）

年が明けた後に旧年を振り返っている。「貫く棒の如きもの」とは、年の節目を貫いて流れる時間のことであろう。歴史的あるいは宇宙的な時間の流れか。時間という観念を哲学的、抽象的に思考することも可能だが、この句の特徴は「貫く棒」という「もの」として時間を視覚化・形象化したところにある。虚子の代表句のひとつだ。

熱《あつ》燗《かん》に泣《な》きをる上戸《じやうご》ほつておけ

昭和二十五年（七十六歳）

季語：熱燗（冬）

忘年会シーズンの作。酔って泣く酔っ払いを「ほつておけ」と、あっさり突き放した。熱燗を詠んだ虚子の句には「熱燗に焼きたる舌を出しけり」「熱燗に彼れが言ふこと分らざる」「熱燗に舌なめずりをする男」など、即物的で何も考えていないような句が多い。その中でこの句は悠々たる大人の風を漂わせている。

門《かど》松《まつ》を立《た》てゝいよ〱淋《さび》しき町《まち》

昭和二十五年（七十六歳）

季語：門松立つ（冬）

年の暮に門松を立てた。もともと淋しげな町だったが、なぜだかさらに淋しげになった。年用意で賑《にぎ》わう時節にもかかわらず、目に映った町の印象を率直に、何の説明もなくただ「淋しき町」と詠《うた》った。読者はそれぞれの記憶の中にある「淋しき町」を思い描くことになる。

鎌倉の大仏界隈《かいわい》での作。「淋しき町」は長谷《はせ》の町であろうか。

ストーヴの小《ち》さき煙《えん》突《とつ》小《せう》書《しょ》斎《さい》

昭和二十五年（七十六歳）

季語：ストーブ（冬）

小ぶりな書斎に小型のストーブを設《しつら》えてある。煙出しの造作もまた小さい。ただそのことだけを詠った。そこから先の事柄——小書斎のある家はどんな家か、小書斎の主はどんな人か、どんな風に暮らしているのか——は、全て読者の想像に委《ゆだ》ねられている。おそらくは、質素で閑雅な暮しをしているのであろう。

『七百五十句』時代　昭和二十六年―昭和三十四年

長《は》谷《せ》寺《でら》や師《し》走《はす》の町《まち》のつき当《あた》り

昭和二十六年（七十七歳）

季語：師走（冬）

鎌倉の長谷寺。虚子は鎌倉から長谷へ向かう由《ゆ》比《い》ヶ浜《はま》通り沿いに住んでいた。ちょっとした路地を経て由比ヶ浜通りへ出て、西を見ると、この句の通り、突き当りが長谷寺にあたる。

「長谷寺や」で静かな古刹《こさつ》を思い浮かべたところで、一転して気ぜわしい師走の町に焦点を当てる。寺に守られているような町である。

這《は》入《ひ》り見《み》る筍《たけのこ》藪《やぶ》に故《こ》人《じん》無《な》し

昭和二十七年（七十八歳）

季語：筍（春）

「ホトトギス」の長老であった赤星水竹居《あかぼしすいちくきょ》の十年忌俳句会。駒沢《こまざわ》、旧水竹居庵での作。三菱地所の会長であった水竹居の邸宅ではしばしば句会が催され、庭に竹藪があった。水竹居自身「駒沢の家」という写生文に、竹藪を好む旨を書いている（「ホトトギス」大正十四年十一月号）。故人遺愛の竹藪に入って面影を偲《しの》び、その姿の無いことを淋《さび》しむ。

その中《なか》に太《ふと》き雪《せっ》片《ぺん》錐《きり》もみに

昭和二十七年（七十八歳）

季語：雪（冬）

雪そのものを描写した句だ。「錐もみ」は回転する様子。大ぶりな雪片が回りながら降ってくる。「大き」（小さいの逆）でなく「太き」（細いの逆）としたことで、雪片の大小のみならず、その太った形状も想像される。上五の「その中に」は数多《あまた》ある雪片のその中で、という意。一見唐突だが、中七まで読めば句意は明らかになる。

苔《こけ》寺《でら》を出《で》てその辺《へん》の秋《あき》の暮《くれ》

昭和二十七年（七十八歳）

季語：秋の暮（秋）

京都の柊屋《ひいらぎや》に泊り、苔寺に遊んださいの作。苔寺自体でなく「その辺」を詠んだ。夕刻、拝観時間が終了し、苔寺を出たところであろうか。これという何かがあるわけではないが、寺の周辺の清閑な界隈《かいわい》を想像する。

小諸《こもろ》での作に「その辺を一廻りしてただ寒し」（昭十九）がある。いずれも「その辺」という漠然とした措辞が読者の想像を喚起する。

わが眉《まゆ》の白《しろ》きに燃《も》ゆる冬《ふゆ》日《ひ》かな

昭和二十七年（七十八歳）

季語：冬日（冬）

昭和八年に「冬の日のうちかゞやきて眉に在り」がある。その十九年後、より力強い表現となって掲句が現れた。虚子は冬日を好んで詠んだ。眉のみならず、自身の目や瞼《まぶた》などに冬日を捉《とら》えた作に「目をしかめながら冬日を眺めをり」（昭二十二）、「冬日今瞼にありて重たけれ」（昭二十七）、「手翳《かざ》して落つる冬日にまたゝきて」（同）などがある。

何《なに》かある山《さん》門《もん》前《まえ》に焚《たき》火《び》して

昭和二十七年（七十八歳）

季語：焚火（冬）

山門の前で焚火をしている。大伽藍《だいがらん》ではない。荒れた寺でもない。住職が暮している生活感のある寺である。「何かある」は、何か行事でもあるのだろうかというほどの心持ち。出かけたついでに馴染《なじ》みのある寺を覗《のぞ》いてゆくというような場面であろう。十二月二十六日、光則寺《こうそくじ》での作。鎌倉の長谷の町に近い、人里に隣した寺である。

朝《あさ》顔《がほ》の二《ふた》葉《ば》より又《また》はじまりし

昭和二十八年（七十九歳）

季語：朝顔の苗（夏）

朝顔は種をこぼして終り、枯れて行く。そのこぼれた種からまた芽が出て、みずみずしい二葉を開く。今年もまた二葉から命のサイクルが始まった。五月二十日の作。眼前に小さな朝顔の二葉を見ながらも、虚子の脳裏には年単位の朝顔の命、さらにはもっと普遍的な命の継承という思いがあったのだろう。

祖《そ》母《ぼ》立《たつ》子《こ》声《こゑ》麗《うら》らかに子《こ》守《もり》唄《うた》

昭和二十九年（八十歳）

季語：麗か（春）

「あなたの孫の高《たかし》の生れた事は、あなたにとってもあなたの家族にとっても非常に明るい喜ばしいことであったと思う。（中略）あなたの今まで持っておった情味というようなものが、高によって更に高まったような感じが受取れる」と虚子は書く（「玉藻」昭和二十七年十二月号）。麗かという季語の使い方は危なっかしいが、「祖母立子」という措辞が句の調子を引き締めている。

ダムに鳴《な》く鳥《とり》は鶯《うぐひす》ほとゝぎす

昭和二十九年（八十歳）

季語：ほととぎす（夏）

山の中のダムにこだまして鶯やホトトギスが鳴いているのを、そのまま句にした。季語はほととぎす（夏）、鶯は夏の鶯だ。「ダムに鳴く鳥は」という導入に続き「鶯ほとゝぎす」と畳みかけるように詠み下す。自然な感じの言葉の運びだ。ダムという言葉は俳句に馴染みにくいが、どんな状況でも柔軟に過不足なく一句を仕上げるのが虚子の技量である。

蜘蛛《くも》の糸《いと》の顔《かほ》にかゝらぬ日《ひ》とてなし

昭和二十九年（八十歳）

季語：蜘蛛（夏）

蜘蛛は庭の同じようなところに巣をかける。人の歩く道も決まっているので、毎朝蜘蛛の糸が顔にかかる羽目になる。別に害があるわけではないが、気持ちはよくない。「日とてなし」という強調した表現から、やりきれなさと諦《あきら》めが伝わる。おそらくは微苦笑も。

すぐ来《こ》いといふ子規《しき》の夢《ゆめ》明易《あけやす》き

昭和二十九年（八十歳）

季語：明易し（夏）

子規は存命の頃、お気に入りだった虚子をよく家に呼んだ。「すぐ来い」と言われることもあったのだろう。虚子八十歳の夢に子規が現われ、すぐ来いと言う。目覚めれば白々と明ける夏の早朝。懐かしさと同時に、経て来た年月を思う。黄泉《よみ》の国にすぐ来いと誘われたような思いもあったのかもしれない。

琴《きん》詩《し》酒《しゅ》の友《とも》を思《おも》ひて虫《むし》を聴《き》く

昭和二十九年（八十歳）

季語：虫の声（秋）

琴詩酒の友といえば『和漢朗詠集』にも採られた白楽天《はくらくてん》の一節を思い浮かべる。琴も詩も酒も無二の友だったが、遊び友達の殷《いん》と離れてからは楽しめなくなったという詩句。この句でも友のことを思いながら、一人虫を聴いている。漢詩の言葉を直接に使った作。白楽天の詩は「雪月花の時最も君を憶《おも》う」と続く。虚子は虫の音に友を思う。

燈火《ともしび》を暑《あつ》しと消《け》して涼《すず》みけり

昭和三十年（八十一歳）

季語：暑し・涼み（夏）

燈火の明るさが暑くも感じられる。暗い方が涼しいのだ。夏の季語「暑し」と「涼む」を一句に詠み込んで破綻《はたん》がない。思いのままに詠んで涼しい顔の虚子である。「ホトトギス」昭和三十一年七月号の「句日記」所収。それに先立つ「燈火を暑しと消して坐りけり」（「朝日新聞」同年七月三十一日付）を推敲し、あえて季重なりにした。

去年《こぞ》今年《ことし》一時《いちじ》か半《はん》か一《ひと》つ打《う》つ

昭和三十年（八十一歳）

季語：去年今年（新年）

年越しの夜、時計が一回鳴った。一時か半か。「去年今年貫く棒の如きもの」の対極にある句。「貫く棒」は過去も未来も含んだ積分の発想であり、「一時か半か」は過去も未来もない微分の発想だ。夜中にふと「一時か半か一つ打つ」を発見し、それに相応《ふさわ》しい季語を待ち受けていたのかもしれない。大きな季語と無意味に等しい些事《さじ》を取り合わせるのは虚子の手口だ。

例《れい》の如《ごと》く草《くさ》田《た》男《を》年《ねん》賀《が》二《ふつ》日《か》夜《よる》

昭和三十一年（八十二歳）

季語：年賀（新年）

中村草田男の怪作「金魚手向けん肉屋の鉤《かぎ》に彼奴《きやつ》を吊り」を、虚子は厳選の『ホトトギス雑詠選集』に採録した。神経衰弱に悩む若き草田男を癒《いや》したのは俳句であり、虚子であったが、その句風は「ホトトギス」では異端視され、草田男にとってそこは必ずしも居心地のよい場所ではなかった。老獪《ろうかい》な虚子と強情な草田男との賀状のやりとりは、虚子の晩年まで続いていた。

牡《ぼう》丹《たん》の一《いち》弁《べん》落《お》ちぬ俳《はい》諧《かい》史《し》

昭和三十一年（八十二歳）

季語：牡丹（夏）

能楽師の子弟だった松本たかしは、病弱のため能を継がず、父の庇護《ひご》の下、虚子門で俳句に専念した。典雅な句風で芸術上の貴公子と称されたが、生き急ぐように五十歳で逝った。その才を虚子に愛されたが、世間知らずのお坊ちゃんというような人物でもあった。そのたかしを牡丹に喩《たと》えた掲句は、故人の端正な句風を讃《たた》えつつ、どこか他人行儀な感じもする。

緑蔭《りょくいん》を出《で》て来《く》る君《きみ》も君《きみ》もかな

昭和三十一年（八十二歳）

季語：緑蔭（夏）

緑蔭から出て来る人々の様子を「君も君も」と詠《うた》った。昭和七年に東大俳句会を改名し発足した「草樹会」での句。「頭の健康なる人は健康なる俳句を作れ」（『俳句への道』）と言った虚子は壮健な若者や俊英を好んだ。句会に集う若者たちを、虚子翁は莞爾《かんじ》として見守った。当初「緑蔭を出て来る彼も彼もかな」という形で発表したが、その後「君も君も」に直している。

蠅《はへ》叩《たたき》手《て》に持《も》ち我《われ》に大《たい》志《し》なし

昭和三十一年（八十二歳）

季語：蠅叩（夏）

「大志なし」は大志ありの裏返し。大志を意識している人の発想だ。虚子の説く花鳥諷詠《ふうえい》は、近代日本の立身出世的価値観に対する脱価値であったが、消極的な「脱」に留《とど》まらず、俳句至上主義ともいうべき一種の価値体系でもあった。俳人として社会的に成功した虚子は「志俳句にありて落第す」と詠んだ。虚子は偉大なる韜晦《とうかい》の徒であった。

蜘蛛《くも》に生《うま》れ網《あみ》をかけねばならぬかな

昭和三十一年（八十二歳）

季語：蜘蛛（夏）

蜘蛛は虚子の好んだ句材の一つ。「大蜘蛛の現れ小蜘蛛なきが如」（昭二二）のように蜘蛛の生態を詠んだ句もあるが、掲句は蜘蛛の本性を詠んだ。蜘蛛が網をかけるのは当り前。「網をかけねばならぬかな」とまで言うことによって、句は摂理を詠んだものとなり、さらにはもののあわれに及ぶ。掲句の二日後に虚子は「蜘蛛網を張るが如くに我もあるか」と詠んだ。

並《なら》び立《た》つ松《まつ》の蕊《しん》あり雲《くも》の峰《みね》

昭和三十一年（八十二歳）

季語：雲の峰（夏）

松の蕊が群がるように並び立っている。空の彼方《かなた》の雲の峰と並び立っているように見える。極端な遠近と大小の対照は広重《ひろしげ》の浮世絵を思わせる。構成を働かせた句だが、ごくありきたりな景でもある。海辺などの松林の向こうに雲の峰が見える風景はどこにでもある。

松の蕊は晩春、雲の峰は夏の季語。夏に近い春の景であってもよい。

姉妹《きやうだい》の著物《きもの》貸し借《か》り花《はな》の旅《たび》

昭和三十二年（八十三歳）

季語：花（春）

泊りがけで花の名所を訪れる旅。気心の知れた姉妹同士、気分を変えるべく着物を交換することもあった。

虚子の五女、高木《たかぎ》晴子《はるこ》の家での作。虚子には早逝した一人を含め、六人の娘があった。居合わせた娘たちが旅の話をしている。その話題が着物の貸し借りに及んだのを聞きとめての作かもしれない。

線《せん》と丸《まる》電《でん》信《しん》棒《ばう》と田《た》植《うゑ》傘《がさ》

昭和三十二年（八十三歳）

季語：田植傘（夏）

電信柱と田植傘で農村風景であることがわかる。水田が広がり、農道の脇に電信柱が立ち並んでいる。

一句に最小限必要な描写が十二音で足るとき、残る五音をどうするかが作句の要諦《ようてい》だ。何も言わないに等しい五音で埋めたり、とぼけてみせたりするのが虚子の得意技である。この句では「線と丸」でおどけてみせた。

昼《ひる》寝《ね》する我《われ》と逆《さか》さに蠅《はへ》叩《たたき》

昭和三十二年（八十三歳）

季語：昼寝・蠅叩（夏）

昼寝をする自分のかたわらに蠅叩がある。ただし逆さまに。蠅叩の、蠅を叩く広い方を頭、柄の方を下半身、と捉えているのだろう。この句にはそれ以上のことは何もない。特段の感情もない。世の中にある事象の一つとでもいうように、ただ事実を述べている。この感情の無さがかえってユーモラスでもある。

風《ふう》生《せい》と死《し》の話《はなし》して涼《すず》しさよ

昭和三十二年（八十三歳）

季語：涼し（夏）

富安《とみやす》風生は大物官僚であり、俳人としても大成した人物。恬淡《てんたん》と、かつしたたかに世を送った。虚子の信頼も厚かったらしい。その風生と涼やかに死の話をする。風生の「生」から「死」に転ずるのは字面の遊びか。死の話といっても文字通り話半分で深刻さはない。死という言葉の冷たさは季語の「涼しさ」に吸収される。老俳人二人が語る死の話は、むしろめでたい。

天《あま》の川《がは》雨戸《あまど》の外《そと》にかゝりけり

昭和三十二年（八十三歳）

季語：天の川（夏）

雨戸の内から天の川が見えたら貧乏長屋だ。わざわざ「雨戸の外に」と詠《うた》ったのは、家の外に広がる夜空のイメージを自然に導き出すため。夜空はすなわち宇宙である。宇宙の中にぽつんと家があり、雨戸を閉ざして人が寝ている。人間大の雨戸と宇宙大の天の川を並べることにより、宇宙の悠久と人間の卑小を思わせる。

颱《たい》風《ふう》の残《のこ》りの風《かぜ》や歯《は》を磨《みが》く

昭和三十二年（八十三歳）

季語：台風（秋）

台風の名残と思いつつ歯を磨く。日常的な営みをしているときこそ自然の威力を意識する。ただしこの句はあくまで無表情だ。作者が何をどう感じているのかわからない。読者は、ナレーションのない映像を見せられているときのように、生《なま》の事象に向き合わされる。

青《あを》きところ白《しろ》きところや夏《なつ》の海《うみ》

昭和三十三年（八十四歳）

季語：夏の海（夏）

漠然と夏の海全体を見渡している。水面はあくまで青く、波頭は真っ白。その印象をきわめて大雑把に、色だけで表した。夏の海には青いところと白いところがある。読者は「夏の海」というタイトルを持つ、色だけで構成された絵を見るようにこの句を読むことを要求される。海らしい景の細部は全て捨象されている。

元日《がんじつ》や午後《ごご》のよき日《ひ》が西窓《にしまど》に

昭和三十三年（八十四歳）

季語：元日（新年）

朝寝坊をし、初詣《はつもうで》に行き、それでもまだ午後の明るい日ざしが西の窓にある。幸せだ。

上五は「春風や」「水仙や」でも句は成り立つ。季語の斡旋《あっせん》という発想では、この句の良さを理解し難い。元日という季語を前提と考えてはじめて「午後のよき日が西窓に」が生きる。俳句の幸せはこういうところにある。

灯《ひ》をともす指《ゆび》の間《あひだ》の春《はる》の闇《やみ》

昭和三十四年（八十五歳）

季語：春（春）

死の一か月ほど前、虚子は春の闇を詠《うた》った。「灯をともす掌《てのひら》にある春の闇」「テーブルの下椅子の下春の闇」が同時作。闇という形のないものを塊のように詠んだ虚子の句と、河原枇杷男《かわはらびわお》の句「或る闇は蟲《むし》の形をして哭《な》けり」とでは、根っこにある感覚は同じだ。

虚子の俳句は、他の文芸が拾わないであろう些事を丹念に拾い続けた。

幹《みき》にちよと花《はな》簪《かんざし》のやうな花《はな》

昭和三十四年（八十五歳）

季語：花（春）

花は桜。桜の幹から直接、小さな花柄が出て一、二輪の花が咲いていることがある。まさに花簪のようだ。

盆栽用語に由来する「胴吹き」という言葉がある。その様子を説明するにはこの虚子の句が一番だ。歌うような滑らかな調子。しかも描写に無駄がない。

春《はる》の山《やま》屍《かばね》をうめて空《むな》しかり

昭和三十四年（八十五歳）

季語：春の山（春）

「屍をうめて」とあるので、一義的には、春の山にある墓地に故人を葬ったという句意を読みとればよい。「人けのないさびしい山」という意味の「空《くう》山《ざん》」という言葉も連想される。深読みすれば、人の一生そのものの空しさを感得することも可能であろう。草木が十分に茂ってはいない春の山は、たしかに空しさを感じる場所でもある。

独《ひと》り句《く》の推《すい》敲《かう》をして遅《おそ》き日《ひ》を

昭和三十四年（八十五歳）

季語：遅き日（春）

「句《く》仏《ぶつ》十七回忌」とある挨拶句。大谷句仏は真《しん》宗《しゅう》大谷派の幹部僧で虚子や碧《へき》梧《ご》桐《とう》に師事した俳人でもあった。その面影を「独り句の推敲を」と詠んだ。掲句は三月三十日の作。その九日後の四月八日に虚子は八十五歳で亡くなった。鑑賞者にとって、独り句の推敲をしつつ遅き日を過ごす人の姿は、句の世界に永遠に居続ける虚子その人のようにも思えるのだ。

虚子名言抄

（　）内は出典を示す。

すべて新仮名遣いとした。


作者は造物者と等《ひ》とし い全知全能で、天上から見ているものとすれば差支はあるまい。

（明治三十四年一月四日、『蕪村句集講義』）

注・蕪村の「古井戸や蚊に飛ぶ魚の音くらし」の「作者の地位は何処であるか」という議論における虚子の発言。


尚《なお》碧梧桐の句にも乏しいように思われて渇望に堪えない句は、単純なる事棒の如き句、重々しき事石の如き句、無味なる事水の如き句、ボーッとした句、ヌーッとした句、ふぬけた句、まぬけた句等。

（「現今の俳句界」、「ホトトギス」明治三十六年十月号）

天才ある一人も来れ、天才無き九百九十九人も来れ。
（「俳諧スボタ経」、「ホトトギス」明治三十八年九月号）

面白味はわからぬが額とか襖《ふすま》とかに張ってあった十七文字を何心なく見たことのあるもの、如是の諸人等皆已《すで》に俳句の道に入ったものといってよい。
（「俳諧スボタ経」、同前）

古い形式を守り、古い約束を守りなお新らしい句を作り得るという事の自信を持つことが俳人に取っては何よりも大事なことであります。
（「俳句入門」、「ホトトギス」大正二年一月号）

句なり歌なりは其《その》生活の流の上に浮いて居る泡である。比喩をかえて言えば生活は地下を這《は》うている竹の根である。俳句や和歌は地上に生えている竹である。更に比喩を代えて言えば、生活は鐘である。いつでも打てば鳴るべき鐘である。俳句や和歌は時々撞木が当って鳴る其音である。

（「北陸旅行の句と事」、「ホトトギス」大正二年十二月号）

今一層大胆に引っくるめて言えば、徳川初期から今日に至るまで、多少の盛衰もあり多少の変化もあるにしたところで、要するに俳句はすなわち芭蕉の文学であるといっても差し支ない事と考える。

（『俳句はかく解しかく味う』）

かかる光景を写す場合に此虹《このにじ》を借り用いて此句に季のあるものとするという事は従来でも種々の場合に行われた季題活用の一方法であるからして此場合強いて咎《とが》めるにも当るまいと思う。

（「俳談会第十九回」、「ホトトギス」大正八年十月号）

注・〈波と波相打つや虹縦に横に　蕪子〉の〈虹〉を季題と認めたもの。

芭蕉のような生活は普通の人のせぬことを遣るのですから、そこで貴いように思われる。併《しか》し人間として普通の生活をして行くということも決して卑下すべきことでは無い。否、却《かえ》って価値あり意義あることと考えるのであります。

（「芭蕉の境涯と我等の境涯」、「ホトトギス」大正十二年七月号）

此間出逢《であ》ったようなあの破壊力の強い地震、あんな地震になると短い俳句で何が描かれよう、何が歌えよう、全く殺風景という一語に尽きるように思う。そういう場合に名句を作るというような芸当は私には出来ない。

（「消息」、「ホトトギス」大正十二年十一月号）

そうして日本が一番えらくなる時が来たならば、他の国の人々は日本独特の文学は何であるかということに特に気をつけてくるに違いない。その時分戯曲小説などの群っている後の方から、不景気な顔を出して、ここに花鳥諷《ふう》詠《えい》の俳句というようなものがあります、と云うようにことになり《ママ》はすまいかと、まあ考えている次第であります。

（「花鳥諷詠」、「ホトトギス」昭和四年二月号）

親は自分が子供を大きくしたように思っておる。子供は自分で大きくなったように思っておる。

師匠は自分が弟子を立派なものにしたように思っておる。弟子は自分で立派なものになったように思っておる。

親子、師弟の衝突は常に起りつつある。

人生はその衝突をくりかえしまきかえしつつ常に進んでおる。

（昭和七年七月、『俳談』）

私のとる句を、あまり平凡だとか淡々だとか非難する人があるが、私は、淡々たる句や平凡な句を好んでとるでもなく、また複雑な句をいやで捨てるでもない、ただその句を句としての価値いかんによって取捨するのみである。思うにこんな非難をする人たちは、その人たちが平凡と思っている句の中に、面白い複雑な感興が奥深く織り込まれてあることを知らず、また複雑で面白いと言っている句の中に、何一つ纏《まと》まった感興を持ち得ないということが、まだ分っていないからでしょう。

（昭和七年九月二十九日、赤星水竹居『虚子俳話録』）

短日の畳替する冬至かな　たけし

某《なにがし》問う。

先生、この句は季が三つも重なって、何だかごちゃごちゃしているようですが。

先生曰く。

季が重なっていても、その中のどこかに、しかと纏まった感興を捉《とら》えておればよいのです。
この句は、短日の中の最も短い「冬至」の日の畳替の気分を強く言い現わしているところがよいと思います。

（昭和七年十二月九日、『虚子俳話録』）

私が先生に、『東京便り』の記事に万一先生のことを誤り伝えはせぬかと、それが一番心配ですというと、
先生曰く。
私は人から誤解されるのを、人にはあんなふうに見えるか、あんなふうにもとられるかと一種の興味をもって見ています。つまり誤解は誤解として一種の興味をもって迎えています。
と微笑された。

（昭和九年八月二十一日、『虚子俳話録』）

私が人の句を選むときに、自分の主観を働かし過ぎて思いやりがあり過ぎるという説があるが、それは首肯しない。けれど作者の意識しないでいることを私が解釈していることはあるでしょう。「選は創作なり」というのはそのことですよ。

（昭和九年五月、『俳談』）

私は滅びるものは滅びるに任す、そんな考えが強いです。（略）段々人間というものは滅びてゆく、あとかたもなくなる、それでいいんだ。

（昭和九年十月、『俳談』）

某曰く。先生、百年の後には我々の俳句はいったいどうなるでしょうか。

先生曰く。

再びもとの月並に返りますね。

（昭和十年十二月十七日、『虚子俳話録』）

ある年の暮のことである、私たちが何かの句会に日比谷公園に写生に出かけて、鶴の噴水のある池の囲りをぶらついていると、どこかの工場の失職者とも見える男が先生のそばにきて、しばらく様子を見て立っていたが、突然先生に、

あなたはどんな気持でこの景色を見ていますか。

と質問した。

それは、このせちがらい年の暮にのんきに句を作っている我々に対して、多少反感を持った質問であった。

先生は手にした句帳をそのまま、静かに、

私はこれが職業です。

と答えられた。

その人は黙って立去った。

価値がない、少くとも価値の少ない句を選んで其人に安易な満足感を与えるほど、其人に対する不親切はないと思う。断じてそれを選まなかったことこそ其人に対する本当の親切であらねばならぬ。

（昭和十一年八月十日、『虚子俳話録』）

（昭和十七年三月、『立子へ』）

「選は創作なり」というのはここのことで、今日の汀女《ていじょ》というものを作り上げたのは、あなたの作句の力と私の選の力が相待《ママ》って出来たものと思います。あなたには限りません、今日の其人を作り上げたのは、其人の力と選の力とが相倚っているのであります。

（昭和十八年八月五日、『汀女句集』序）

人間の顔はこんなものだと考えて書いた画《え》は面白くない。或《ある》一人の顔をつかまえて、顔ということも忘れて、唯目《ただ》に映る線、凹凸、光、陰翳《いんえい》、それから特に画家がそれから受けた感じなどを大事にして写生したものになると、素晴らしい画になるだろうと思う。

（昭和二十四年三月、『立子へ』）

今日世間で評判されるものは主観の暴露されているものである。そうでないと一般に分らないのである。

私は最もそれを忌む。

（「俳句への道」、「玉藻」昭和二十七年一月号）

人は戦争をする。悲しいことだ。併し蟻も戦争をする。蜂もする。蟇もする。其外よく見ると獣も魚も虫も皆互に相食《は》む。草木の類《たぐい》も互に相侵す。これも悲しいことだ。何だか宇宙の力がそうさすのではなかろうか。そこにもののあわれが感じられる。

（「俳句への道」、「玉藻」昭和二十七年十一月号）

思想の上からは大概なものは採る。非常に憎悪すべきものは採らない。措辞の上からは最も厳密に検討する。

（「俳句への道」、「玉藻」昭和二十七年十一月号）

客観写生という言葉は不完全な言葉であります。が、確乎《かっこ》たる信條であります。

（「俳句への道」、「玉藻」昭和二十九年十月号）

梵鐘《ぼんしょう》一打、響きはいつまでも伝わっておる。そういう句であるべきである。

（「朝日新聞」昭和三十年七月十三日、『虚子俳話』）

　季をおろそかにしては俳句というものは存立しない。俳句は季の文学であり花鳥諷詠詩である。俳句は季がある事によって存立しておる。季がなくなれば俳句は亡《ほろ》びる。
然《しか》し昭和五年三月二十八日発行の「句集虚子」の巻末に「無季」という欄を設けて、

　祇王寺の留守の扉や押せば開く　虚子

という句（俳句ではない）を収録して置いた。（略）いつもならば「花の扉」とでもするのである。が、是非「留守」としなければ私のその時の感じは出なかった。

　連句で言えば平句の如きものである。「句集虚子」の巻末に収録したのはこの句を棄て去るに忍びなかったからである。私は無季の句を必ずしも排斥するものではない。但《ただ》しいい句は出来憎い。又無季の句は俳句ではない。無季の句は唯の十七字詩である。

（「朝日新聞」昭和三十一年二月二十六日、『虚子俳話』）

種々の力が働いているのである。落著《おちつ》く処に落著くのである。但し自分の力もその種々の力の中の一つである。

（昭和三十二年十一月、『立子へ』）

お寒うございます、お暑うございます。日常の存問が即ち俳句である。（略）平俗の人が平俗の大衆に向っての存問が即ち俳句である。

（「朝日新聞」昭和三十二年十二月二十九日、『虚子俳話』）

俳句の季題は歳時記（季寄せ）に新題として一二の者が勝手にきめようとするのはよくない。それは曲亭馬琴《きょくていばきん》の「栞草《しおりぐさ》」などを見れば分る。もの識《し》りの馬琴は俳句になろうがなるまいが、選択なしに網羅していて煩わしい。それよりもその新季題なるものに、いい句がぽつぽつ出来て来て、自然々々に歳時記にも採録されるという風にありたい。

（「朝日新聞」昭和三十三年九月十四日、『虚子俳話』）

戦争によって、俳句は、何の影響も蒙《こうむ》らなかったと、虚子は言ったそうである。

（玉城徹『俳人虚子』）

凡《すべ》てのものの亡び行く姿、中にも自分の亡び行く姿が鏡に映るように此の墓表に映って見えた。「これから自分を中心として自分の世界が徐々として亡びて行く其の有様を見て行こう。」私はじっと墓表の前に立っていつもそんな事を考えた。（略）子供が死んでからもう一年半にもなる。自然私がそんな考えに住《じゅう》してからももう一年半になる訳である。そうしてどちらかというと、私の事業は其の一年半の間にいくらか歩を進めた。一向栄えない仕事も此の一年半の間には比較的成功をした。が、たとい幾ら成功しようともいくら繁昌しようとも、私は一人の子供の死によって初めて亡び行く自分の姿を鏡の裏に認めたことはどうすることも出来無い。栄えるのも結構である。亡びるのも結構である。私は唯ありの儘《まま》の自分の姿をじっと眺めているのである。

（「落葉降る下にて」、「中央公論」大正五年一月号）

注・幼い四女の死をめぐっての心境を述べた写生文

虚子略年譜

明治七年（一八七四）

二月二十二日、愛媛県松山市長町新丁に生れる。父池内庄四郎政忠、母柳の六男。本名清《きよし》。廃藩後、帰農のため一家で風早郡柳原村西ノ下に移住。海に落ちる入り日、遍路など同地の風光を長く記憶。

明治十四年（一八八一）　七歳

松山市榎木町に移る。智環小学校入学。

明治十五年（一八八二）　八歳

祖母、峯没。祖母方の高濱家を継ぐ。

明治二十一年（一八八八）　十四歳

九月伊予尋常中学校入学。河東碧梧桐《かわひがしへきごとう》と同じクラス。在学中に回覧雑誌を編む。

明治二十四年（一八九一）　十七歳

三月、父死去。五月、碧梧桐を介して正岡子規《まさおかしき》と文通、俳句を学ぶ。六月、対面。十月、子規の命名で虚子と号する。

明治二十五年（一八九二）　十八歳

九月、京都第三高等中学予科入学。

明治二十六年（一八九三）　十九歳

春休みに上京。子規宅に滞在。九月、京都第三高等中学予科に入学してきた碧梧桐と同居。

明治二十七年（一八九四）　二十歳

一月、退学のことを碧梧桐に任せ、上京、子規宅に滞在。六月、復学。七月に高等中学校の大学予科が解散したため、九月、碧梧桐と仙台第二高等学校に転校。十月、碧梧桐と共に退学して上京。

明治二十八年（一八九五）　二十二歳
五月、子規が日清戦争従軍よりの帰途に喀血《かっけつ》。神戸の病院へ行き、看病。十月、「日本人」に「俳話」を発表し始める。十二月、子規から東京・道灌山にて文学運動の後継者になることを求められたが辞退。

明治三十年（一八九七）　二十三歳
一月、松山で柳原極堂《やなぎはらきょくどう》が「ほとゝぎす」を創刊し、虚子も毎号執筆。六月、大畠いとと結婚。八月、「国民新聞」の俳句選を担当。十二月、子規庵ではじめて蕪村《ぶそん》忌を修する。

明治三十一年（一八九八）　二十四歳
一月、子規庵で子規、碧梧桐らと蕪村句集輪講を開始。三月、長女真砂子《まさこ》誕生。九月、子規の助力で「ほとゝぎす」発行所を虚子宅に移し、十月発行。

明治三十三年（一九〇〇）　二十六歳
四月、子規庵で初めての山会（文章会）。十二月、長男年尾《としお》誕生。

明治三十四年（一九〇一）　二十七歳
十一月、「ほとゝぎす」を「ホトトギス」と改名。

明治三十五年（一九〇二）　二十八歳
九月、子規死去。

明治三十六年（一九〇三）　二十九歳
十一月、二女立子《たつこ》誕生。

明治三十八年（一九〇五）　三十二歳
一月、「ホトトギス」に漱石《そうせき》の「吾輩は猫である」を掲載（一月から三十九年八月まで）。

明治三十九年（一九〇六）　三十二歳
「ホトトギス」一月号に伊藤左千夫《さちお》の「野菊の墓」掲載。四月号に漱石の「坊っちゃん」掲載。三月から翌年一月にかけて「俳諧散心」と名付けて、題詠を繰り返す俳句鍛錬会を四十一回開催。十月、二男友次郎《ともじろう》誕生。

明治四十年（一九〇七）　三十三歳
「ホトトギス」に四月、五月、七月と相次いで小説を発表。

明治四十一年（一九〇八）　三十四歳
八月、俳句休止宣言。十月、国民新聞社に入社。同社の俳句選を松根東洋城《まつねとうようじょう》に委任。「ホトトギス」に雑詠を始める。

明治四十二年（一九〇九）　三十五歳
五月、三女宵子《よいこ》誕生。八月、雑詠を廃止。

明治四十三年（一九一〇）　三十六歳
九月、国民新聞社を退社。十二月、鎌倉由比ヶ浜に転居。

明治四十五・大正元年（一九一二）　三十八歳
七月、四女六《ろく》誕生。「ホトトギス」に雑詠を復活。

大正二年（一九一三）　三十九歳
九月、鎌倉大町に転居。

大正三年（一九一四）　四十歳

四月、四女六死去。十一月、『俳句の作りやう』刊。

大正四年（一九一五）　四十一歳
一月、五女晴子《はるこ》誕生。「進むべき俳句の道」を「ホトトギス」に連載（四月から大正六年八月まで）。八月から十二月にかけて「俳諧散心」を十八回開催。

大正五年（一九一六）　四十二歳
十二月、漱石没。

大正六年（一九一七）　四十三歳
九月、鎌倉原の台に転居。

大正八年（一九一九）　四十五歳
六月、六女章子《あきこ》誕生。

大正十二年（一九二三）　四十九歳
一月、「ホトトギス」発行所を東京丸の内ビルディングに移す。

昭和三年（一九二八）　五十四歳
九月、山口青邨《やまぐちせいそん》が「ホトトギス」講演会で「どこか実のある話」を講演、その中で、誓子《せいし》、青畝《せいほ》、秋櫻子《しゅうおうし》、素十《すじゅう》のイニシャルを取って「四S」と名付け、新鋭作家として推す。

昭和五年（一九三〇）　五十六歳
六月、次女立子に「玉藻《たまも》」を創刊主宰させる。

昭和六年（一九三一）　五十七歳
十月、水原秋櫻子が「馬酔木《あしび》」に「自然の真と文芸上の真」を発表。素十の句、ひいては虚子の客観写生論を批判。同時に「ホトトギス」を離れた。

昭和十二年（一九三七）　六十三歳

六月、『五百句』刊。創設された帝国芸術院の会員に推される。
昭和十七年（一九四二）　六十八歳
六月、日本文学報国会発足。俳句部会の部会長となる。
昭和十八年（一九四三）　六十九歳
十月、『五百五十句』刊。
昭和十九年（一九四四）　七十歳
九月、信州小諸《こもろ》に疎開。
昭和二十年（一九四五）　七十一歳
六月、戦局急迫により「ホトトギス」発行不能となる。八月、終戦。十月、「ホトトギス」復刊。十二月から翌二月にかけて、「稽古会《けいこかい》」と称する鍛錬会を十六回開催。
昭和二十一年（一九四六）　七十二歳
八月、夏の稽古会を始める。十月、『贈答句集』刊。十二月『小諸百句』刊。
昭和二十二年（一九四七）　七十三歳
一月、八月に稽古会を行う。二月、『六百句』刊。十月、小諸から鎌倉へ帰る。
昭和二十五年（一九五〇）　七十六歳
二月、『喜寿艶』刊。七月、鎌倉虚子庵にて東西稽古会を始める。
昭和二十六年（一九五一）　七十七歳
三月、「ホトトギス」の雑詠選を年尾に譲る。七月、山中湖畔で稽古会。
昭和二十九年（一九五四）　八十歳
十一月、文化勲章を受章。
昭和三十年（一九五五）　八十一歳

六月、『六百五十句』刊。

昭和三十三年（一九五八）　八十四歳

二月、『虚子俳話』刊。

昭和三十四年（一九五九）　八十五歳

四月一日、脳幹部出血で倒れ、八日午後四時、永眠。

初句索引

新仮名づかい五十音順による。

あ

か

ま

や〜わ

季語索引

新仮名づかい五十音順による。

ま

や～わ

本書は書き下ろしです。

覚《おぼ》えておきたい虚子《きよし》の名句《めいく》200

高浜虚子《たかはまきよし》　角川書店《かどかわしよてん》＝編

令和元年 12月25日　初版発行
令和６年 12月15日　10版発行

発行者●山下直久

発行●株式会社KADOKAWA
〒102-8177　東京都千代田区富士見2-13-3
電話　0570-002-301（ナビダイヤル）

角川文庫 21980

印刷所●株式会社KADOKAWA
製本所●株式会社KADOKAWA

表紙画●和田三造

●お問い合わせ
https://www.kadokawa.co.jp/（「お問い合わせ」へお進みください）
※内容によっては、お答えできない場合があります。
※サポートは日本国内のみとさせていただきます。
※Japanese text only

Printed in Japan
ISBN 978-4-04-400469-9　C0192

◆◇◇

角川文庫発刊に際して

角川源義

第二次世界大戦の敗北は、軍事力の敗北であった以上に、私たちの若い文化力の敗退であった。私たちの文化が戦争に対して如何に無力であり、単なるあだ花に過ぎなかったかを、私たちは身を以て体験し痛感した。西洋近代文化の摂取にとって、明治以後八十年の歳月は決して短かすぎたとは言えない。にもかかわらず、近代文化の伝統を確立し、自由な批判と柔軟な良識に富む文化層として自らを形成することに私たちは失敗して来た。そしてこれは、各層への文化の普及滲透を任務とする出版人の責任でもあった。

一九四五年以来、私たちは再び振出しに戻り、第一歩から踏み出すことを余儀なくされた。これは大きな不幸ではあるが、反面、これまでの混沌・未熟・歪曲の中にあった我が国の文化に秩序と確たる基礎を齎らすためには絶好の機会でもある。角川書店は、このような祖国の文化的危機にあたり、微力をも顧みず再建の礎石たるべき抱負と決意とをもって出発したが、ここに創立以来の念願を果すべく角川文庫を発刊する。これまで刊行されたあらゆる全集叢書文庫類の長所と短所とを検討し、古今東西の不朽の典籍を、良心的編集のもとに、廉価に、そして書架にふさわしい美本として、多くのひとびとに提供しようとする。しかし私たちは徒らに百科全書的な知識のジレッタントを作ることを目的とせず、あくまで祖国の文化に秩序と再建への道を示し、この文庫を角川書店の栄ある事業として、今後永久に継続発展せしめ、学芸と教養との殿堂として大成せんことを期したい。多くの読書子の愛情ある忠言と支持とによって、この希望と抱負とを完遂せしめられんことを願う。

一九四九年五月三日

角川ソフィア文庫ベストセラー

覚えておきたい極めつけの名句1000

編／角川学芸出版

子規から現代の句までを、自然・動物・植物・人間・生活・様相・技法などのテーマ別に分類。他に「切れ・切れ字」「俳句と口語」「新興俳句」「季重なり」「句会の方法」など、必須の知識満載の書。

俳句の作りよう

高浜虚子

大正三年の刊行から一〇〇刷以上を重ね、ホトトギス、ひいては今日の俳句界発展の礎となった、虚子の俳句実作入門。女性・子ども・年配者にもわかりやすく、今なお新鮮な示唆に富む幻の名著。

俳句とはどんなものか

高浜虚子

俳句初心者にも分かりやすい理論書として、俳句とはどんなものか、俳人にはどんな人がいるのか、俳句はどのようにして生まれたのか等の基本的な問題を、懇切丁寧に詳述。『俳句の作りよう』の姉妹編。

俳句はかく解しかく味わう

高浜虚子

俳句界の巨人が、俳諧の句を中心に芭蕉・子規ほか四六人の二〇〇句あまりを鑑賞し、言葉に即して虚心に読み解く。俳句の読み方の指標となる『俳句の作りよう』『俳句とはどんなものか』に続く俳論三部作。

今はじめる人のための俳句歳時記　新版

編／角川学芸出版

現代の生活に即した、よく使われる季語と句作りの参考となる例句に絞った実践的歳時記。俳句Q&A、句会の方法に加え、古典の名句・俳句クイズ・代表句付き俳人の忌日一覧を収録。活字が大きく読みやすい！

角川ソフィア文庫ベストセラー

芭蕉全句集　現代語訳付き
松尾芭蕉
訳注／雲英末雄・佐藤勝明

俳聖・芭蕉作と認定できる全発句九八三句を掲載。俳句の実作に役立つ季語別の配列が大きな特徴。一句一句に出典・訳文・年次・語釈・解説をほどこし、巻末付録には、人名・地名・底本の一覧と全句索引を付す。

蕪村句集　現代語訳付き
与謝蕪村
訳注／玉城　司

蕪村作として認定されている二八五〇句から一〇〇〇句を厳選して詠作年順に配列。一句一句に出典・訳文・季語・語釈・解説を丁寧に付した。俳句実作に役立つよう解説は特に詳載。巻末に全句索引を付す。

一茶句集　現代語訳付き
小林一茶
訳注／玉城　司

波瀾万丈の生涯を一俳人として生きた一茶。自選句集や紀行、日記等に遺された二万余の発句から千句を厳選し配列。慈愛やユーモアの心をもち、森羅万象に呼びかける一茶の句を実作にも役立つ季語別で味わう。

飯田蛇笏全句集
飯田蛇笏

郷里甲斐の地に定住し、雄勁で詩趣に富んだ俳句を詠み続けた蛇笏。その作品群は現代俳句の最高峰として他の追随を許さない。第一句集『山廬集』から遺句集『椿花集』まで全9冊を完全収録。解説・井上康明

西東三鬼全句集
西東三鬼

鬼才と呼ばれた新興俳句の旗手、西東三鬼。「水枕ガバリと寒い海がある」「中年や遠くみのれる夜の桃」反戦やエロスを大胆かつモダンな感性で詠んだ句は今なお刺激的である。貴重な自句自解を付す全句集！

角川ソフィア文庫ベストセラー

俳句への旅　森　澄雄

芭蕉・蕪村から子規・虚子へ——。文人俳句・女流俳句を見渡しつつ、現代俳句までの俳句の歩みを体系的かつ実践的に描く、愛好家必読ロングセラー。戦後俳壇をリードし続けた著者による、珠玉の俳句評論。

古代史で楽しむ万葉集　中西　進

天皇や貴族を取り巻く政治的な事件を追い、渦中に生きた人々を見いだし歌を味わう。また、防人の歌、東歌といった庶民の歌にも深く心を寄せていく。歌集を読むだけではわからない、万葉の世界が開ける入門書。

芭蕉百名言　山下一海

風流風雅に生きた芭蕉の、俳諧に関する深く鋭い百の名言を精選。どんな場面で、誰に対して言った言葉なのか、何に記録されているのか。丁寧な解説と的確で平易な現代語訳が、俳句実作者以外にも役に立つ。

決定版　名所で名句　鷹羽狩行

地名が季語と同じ働きをすることもある。そんな名句を全国に求め、俳句界の第一人者が名解説。旅先の地名も、住み慣れた場所の地名も、風土と結びついて句を輝かす。地名が効いた名句をたっぷり堪能できる本。

金子兜太の俳句入門　金子兜太

「季語にとらわれない」「生活実感を表す」「主観を吐露する」など、句作の心構えやテクニックを82項目にわたって紹介。俳壇を代表する俳人・金子兜太が、独自の俳句観をストレートに綴る熱意あふれる入門書。

角川ソフィア文庫ベストセラー

俳句、はじめました
岸本葉子

人気エッセイストが俳句に挑戦！ 俳句を支える季語の力に驚き、句会仲間の評に感心。冷や汗の連続だった吟行や句会での発見を通して、初心者がつまずくポイントがリアルにわかる。体当たり俳句入門エッセイ。

芭蕉のこころをよむ
「おくのほそ道」入門
尾形仂

『おくのほそ道』完成までの数年間に芭蕉は何を追い求めたのか。その創作の秘密を解き明かし、俳諧ひと筋に生きた芭蕉の足跡と、〝新しみ〟や〝軽み〟を常とした作句の精神を具体的かつ多角的に追究する。

古事記
ビギナーズ・クラシックス 日本の古典
編／角川書店

天皇家の系譜と王権の由来を記した、我が国最古の歴史書。国生み神話や倭建命の英雄譚ほか著名なシーンが、ふりがな付きの原文と現代語訳で味わえる。図版やコラムも豊富に収録。初心者にも最適な入門書。

万葉集
ビギナーズ・クラシックス 日本の古典
編／角川書店

日本最古の歌集から名歌約一四〇首を厳選。恋の歌、家族や友人を想う歌、死を悼む歌。天皇や宮廷歌人をはじめ、名もなき多くの人々が詠んだ素朴で力強い歌の数々を丁寧に解説。万葉人の喜怒哀楽を味わう。

枕草子
ビギナーズ・クラシックス 日本の古典
清少納言
編／角川書店

一条天皇の中宮定子の後宮を中心とした華やかな宮廷生活の体験を生き生きと綴った王朝文学を代表する珠玉の随筆集から、有名章段をピックアップ。優れた感性と機知に富んだ文章が平易に味わえる一冊。

角川ソフィア文庫ベストセラー

ビギナーズ・クラシックス 日本の古典
源氏物語
紫式部
編／角川書店

日本古典文学の最高傑作である世界第一級の恋愛大長編『源氏物語』全五四巻が、古文初心者でもまるごとわかる！ 巻毎のあらすじと、名場面はふりがな付きの原文と現代語訳両方で楽しめるダイジェスト版。

ビギナーズ・クラシックス 日本の古典
今昔物語集
編／角川書店

インド・中国から日本各地に至る、広大な世界のあらゆる階層の人々のバラエティーに富んだ日本最大の説話集。特に著名な話を選りすぐり、現実的で躍動感あふれる古文が現代語訳とともに楽しめる！

ビギナーズ・クラシックス 日本の古典
平家物語
編／角川書店

一二世紀末、貴族社会から武家社会へと歴史が大転換する中で、運命に翻弄される平家一門の盛衰を、叙事詩的に描いた一大戦記。源平争乱における事件や時間の流れが簡潔に把握できるダイジェスト版。

ビギナーズ・クラシックス 日本の古典
徒然草
吉田兼好
編／角川書店

日本の中世を代表する知の巨人・吉田兼好。その無常観とたゆみない求道精神に貫かれた名随筆集から、兼好の人となりや当時の人々のエピソードが味わえる代表的な章段を選び抜いた最良の徒然草入門。

ビギナーズ・クラシックス 日本の古典
おくのほそ道（全）
松尾芭蕉
編／角川書店

俳聖芭蕉の最も著名な紀行文、奥羽・北陸の旅日記を全文掲載。ふりがな付きの現代語訳と原文で朗読にも最適。コラムや地図・写真も豊富で携帯にも便利。風雅の誠を求める旅と昇華された俳句の世界への招待。